女達のトラベリン・バス

Anecdote of MARIKO♥愛の唄

新堂 日章
Akira Shindo

文芸社

これは矢沢永吉の唄を愛した貴女達の物語である。

２００３年12月21日　日曜日　東京　九段下　５：10ＰＭ

北風が木の葉を散らし、街を冷たく染め始める季節。

だが毎年この時期になると、このエリアだけはある独特の熱気に包まれる。

「わぁ……」

山本麻理子は、その熱気を帯びた人々の数と醸し出される雰囲気に圧倒されていた。

「ほらほら、ボォ――――ッとしない！」

槙村遥子《ようこ》に腕を取られ、我に返る。

「う、うん」

「ホント変わらないね」

苦笑いを浮かべる遥子に引っ張られ、散歩に連れて行かれる子犬の様に引き摺られる。

「姉ちゃんチケット余ってない？」

「余ってたら買うよ」

「無い人あるよ。アリーナあるよ」

薄暗い歩道から北の丸公園の入り口を左に曲がると、次々とダフ屋が声を掛けてきた。

「ハイハイ、また今度ヨロシクねぇーっ」

遥子はそのダフ屋の集団を適当にあしらって、歩を進める。

《ホント変わらないね》

さっきの遥子の言葉が引き金になったのか、麻理子はこの瞬間ふと遥子と初めて出逢った時の事を思い出した。あの時も、こうして遥子に手を取られ、引き摺られていたっけ。

何も見えない程に真っ暗な田安門をくぐり抜けると、ライトの光で急に辺りが明るくなる。その眩しさに顔を背けつつ左に流れる緩やかなカーブを進むと、左手に白い屋根のテントが見えた。

コンサートグッズの販売所であるそのテントには、様々なデザインのタオルやTシャツ等が飾られ、テント前は大勢の客でごった返しており、その横には何処まで続いているのかと思える程の長蛇の列が。また、白いパイプフェンスを隔ててグッズを買い終えた者やフェンス越しに遠目でグッズを物色している者達が車道の方にまで溢れ出ている。

「こちらで立ち止まらないでくださーい」

「お買い物が済みました方は、速やかに移動してくださーい」

「車道にはみ出さないでくださーい」

「歩道をお歩きくださーい。車道を歩きますと大変危険でーす」

警備員達が注意を呼びかけているが、殆ど意味を成していない。遥子と麻理子は溢れかえる左の歩道を避け、右側の歩道に渡った。何気なく麻理子は視線を左に向ける。ライトに照らされていた大きな横断幕が目に入った。

『矢沢永吉 Concert tour 2003 Rock Opera 日本武道館』

高校時代からの親友である槙村遥子に誘われて来てはみたものの、場違いな所に来てしまったと後悔にも似たネガティヴな感情が湧いてくる。

だが後に、この日この時こそが自身の人生の新たな扉を開く機会に恵まれた記念すべき一夜だったのだと、麻理子は遥子に心から感謝する事になるのであった。

「やっぱり混んでるわねぇ」

向かい側の歩道から時計台の方を見て遥子は、ため息を吐いた。

武道館の時計台は目印になりやすいので、この場を待ち合わせ場所に指定する人は多い。

「ちょっと待ってて」

遥子は大きめのバッグから携帯電話を取り出し、メールを打ち始めた。その間に辺りを見回す麻理子。正直、自分達以外の全てが先程のダフ屋と同じに見える。正確にはダフ屋との区別がつかないと言うべきか。違いと言えば、仮装パーティーの会場にでも来たのかと錯覚する位に派手で奇抜に思えるその格好。いずれにしても矢沢永吉のコンサートと聞いていたので、ある程度の予測はしていたが、実際にそのファンを目の当たりにすると、やはりその独特の雰囲気には威圧感を感じざるをえなかった。

「そんなに怖がらなくても大丈夫よ」

遥子の言葉で我に返る。

「これからここに来る友達は『普通』の人達だから」

「そ、そう」

「だけど矢沢ファンってあんな風な人達も話してみたら面白くて、いい人ばっかりなんだよ」

「そうなんだ……」

「まぁ見た目も特徴あるし、極端に熱いから誤解されやすいんだけどねぇ。それに本当に柄の悪いのも確かに居るから」

と、その時、遥子の携帯が震えだした。メールではなく通話の着信であった。

「もしもし、今晩は。うん。あのね、メールにも書いたけど、今時計台の向かいに着いたんだけど……、え？　そうなの？……うん……じゃあここで待ってればいい？……わかった。ありがとう。はいはいヨロシクーッ」

電話を切る。

「ここまで来てくれるって」

「そう」

「もう、そこの時計台に来てたみたい」

遥子が時計台の方に顔を向けると3人の男がこちらに近づいてくるのが見えた。

「ごめんね。わざわざこっちに来て貰っちゃって」

「そんなのいいって」

「あんだけ人が居たら判り難いもんなぁ」

「毎年の事だけどな」

「来年からはこっちで待ち合わせするか？」

「あぁ。売店の前や時計台の真下よりはいいかもな」

挨拶代わりの雑談が、遥子と３人の男達の間で交わされる。麻理子はちょっと安心した。男達が外見上は遥子の言う通り『普通』だったからだ。

会話が一段落したところで遥子が、

「紹介するわ。高校時代の親友なの」

「は、初めまして！　山本麻理子です」

いきなり振られ、慌てながらお辞儀をする。

「おぉ～可愛い～～！」

異口同音に色めき立つ男達。麻理子の顔が少し赤くなる。

「松岡敏広です」

「矢野賢治です」

「汐崎裕司です」

3人共麻里子達と同い年の25歳であった。

「私の楽しいYAZAWA仲間よ」

「遥子ちゃん、そこは楽しいじゃなくて、カッコいいとか素敵だろうよ」と敏広。

「あ〜ら、ごめんなさい。でも私は嘘がつけないの」

二人のやり取りに一同が笑う。

「ところで、それじゃあ裕司は今日このカワイ子ちゃんとツーショットで観れるって事か?」

敏広の言葉を聞いて麻理子は一瞬、不安を覚えた。

「それは無理よ。連れてきた私が麻理子をほっとく訳にはいかないもの」

「そりゃそうだよな」と賢治。

麻理子は内心ホッとする。

「それじゃどうするんだ?」

「裕司君のチケットを、私のと交換して欲しいの。こういう言い方は語弊があるけど、私のチケットの方が良い席だから納得して」

遥子のチケットは1階の南東の4列目。裕司のは2階席であった。

「俺は構わないけど」

「って事は?」

「敏広君は私のチケットで裕司君と一緒に観て」

「何だよ〜〜〜！　また遥子ちゃんとのツーショットお預けかよ〜〜〜！」

「敏広ザーンネーン！」と賢治が笑う。

「賢治君は、今日は加奈子さんと？」

「そう」

親指を立てて武道館の方を指す賢治。先に入場しているという意味だ。賢治は毎年、武道館最終日だけは必ず、幼馴染で嫁の加奈子と一緒に観ると決めている。

「敏広君も賢治君を見習いなよ」

「何だよそれ？」

「彼はいつも違う女の子をコンサートに連れてくるの」

と、遥子が麻理子に話す。

「おいオイ！　誤解を招く様な言い方は止めてくれ！」

「お前それはホントの事だろ」と裕司。

「毎度日替わりだもんな」と賢治がニヤける。

毎度日替わりはオーバーだが、敏広にガールフレンドが多いのは事実である。

「それはそうと神崎さんの調子はどう？」と遥子が裕司に問う。

「年内には退院出来る見込みだって」

「よかったぁ！」

「あーそうそう！　遥子ちゃんが真っ先に見舞いに来てくれたって喜んでたよ。奥さんもお礼を伝えて欲しいって言ってた」

「奥様にもご挨拶したかったんだけどねぇ。丁度、席を外してらしたから」

裕司の元上司である神崎雄一郎が、自宅から救急車に運ばれたのが約2週間前。そのまま入院という事になり、今回の武道館参戦を断念。一緒に観る筈だった裕司がチケットを受け取り、空いてしまった神崎の席を遥子が譲って貰い麻理子を誘ったという訳である。

「それにしてもツイてないよなぁ」

「あんなにやっと最終日のチケット確保出来たって喜んでたのにね」

裕司の持っているチケットは、元々は神崎が慣れない携帯電話を使って携帯サイトで手に入れた物であった。

毎年、武道館最終日のチケットは争奪戦になるが、この年の最終公演は日曜日であった為に更に競争率が増し、敏広や裕司の様に自分でチケットを確保出来ないファンが続出。そんな中での神崎の携帯サイト当選は、かなり幸運な事であった。

「それじゃ、そろそろ行きましょうか」

「そうだね」

遥子と裕司がお互いのチケットを交換する。

「最終日、盛り上がっていこうぜっ!!」

敏広が叫ぶと男達は手に持っていた大きいタオルをバッと勢い良く広げ肩に掛けた。３人共息がぴったりなので目が点になる麻理子。

「遥子ちゃん、今日の打ち上げは？」と敏広。

何だかさっきと顔付きが変わっている。声のトーンも低い。

「欠席するわ。麻理子を家まで送らなきゃならないから。情事さんには伝えてある」

「そっか残念！　また来年ヨロシク！」

「うん」

「麻理子ちゃんもまたね！」

「あ、ハイ」

「楽しんでってくださいヨロシクゥ！」

「それじゃ！」

そう言い残し３人はタオルを掛けた肩で風を切る様に武道館へと向かっていった。その光景に、ただただ呆気にとられる麻理子。横で遥子がクスクス笑っている。

「私達も行きましょ」

「う、うん」

３人から少し遅れて武道館に向かう。

入り口に近づくと、

「タオルを肩に掛けての、ご入場は出来ません。手に持って、ご入場してください」

とのアナウンスが聞こえてきた。

たまたま麻理子の視界に、先程の3人の背中が入る。さっきまで威風堂々と歩いていた彼等がそそくさとタオルを外すのが見えた。その姿にリアルな人柄が現れている様に思えて、麻理子は今日武道館に来て初めてクスリと笑った。


開演20分前の武道館内部は、今の季節を忘れそうになる程の熱気に溢れていた。あちこちから聞こえてくる永ちゃんコールが、また更に温度を上げている様にも思える。

2階席南西部G列の南寄りの端に腰掛けた麻理子は、辺りを見回しながら高校時代の頃を思い出していた。麻理子が武道館に来るのは1995年のビリー・ジョエルのコンサート以来、今回が2度目。その時も遥子が一緒であった。

「あの時と全然、雰囲気が違うでしょ」

「う、うん」

何故か遥子には昔から自分が今何を考えているのか気付かれてしまう。

「あの時は麻理子に連れてきて貰ったんだよね」

「えっ？　やだ、違うわよ。連れてきてくれたのは遥子でしょ？　チケットだって遥子が取ってくれたんだし」

「でもビリーを私に教えてくれたのは麻理子だよ」

「それはそうだけど……」

「それがあったから今、私は、こうしてここに居られるの」

天井に飾られた大きな日章旗を見詰めながら感慨深げに遥子が呟く。

「？」

麻理子は突然、理解不能な事を言い出した遥子に対して首を傾げた。

「どういう意味？」

「麻理子がビリーを教えてくれたから、私はロックに目覚めたの。そして永ちゃんの唄に出逢っていろんな人達に巡り合う事が出来た。麻理子に出逢ってなかったら、今の私は無かったわ」

まるで禅問答。麻理子は益々困惑する。

「……………ちょっと大袈裟じゃない？」

他に返す言葉が浮かばない。

「きっと麻理子にも、いつの日か判る時が来るわ。永ちゃんの唄が……」

その時、

「遥子ちゃん！」

一人の女性が目の前の通路から声を掛けてきた。

「あっ、眞由美さん！　こんばんは」

《わぁ、カッコいい女性《ひと》》

眞由美と呼ばれたその女性に、麻理子は一瞬見惚れた。

女性でいながら真っ白なメンズスーツを着こなし、長いカッパーレッドの髪を後ろに束ね前髪はリーゼント風に上げてある。髪の長さと声、そして尖った胸の膨らみが無ければ、凛々しい美男子に思える様な容姿。またピアス、ネックレス等のアクセも上品に身に着けている。

そして、その傍らには背の高い男がボディガードの様に立っていた。

「若林さんもお久しぶりです」

若林と呼ばれた男は、無言で遥子に微笑みながら軽く手を上げた。

「で、こちらはお友達？」

眞由美の興味が麻理子に向けられる。

「はい。高校の頃からの親友なんです」

「は、初めまして。山本麻理子です」

また、さっきの様に慌ててお辞儀をする。

「あら可愛い」

眞由美の顔が綻ぶ。

「朝倉眞由美です。ヨロシクね」

優しい笑みを浮かべ、眞由美は麻理子に手を差し出した。

「は、はい。こちらこそ」

慌てながら、麻理子はその手を握る。

「これは私の相方よ」

「若林拳斗です」

低く通る声が響く。その体格は、ダークブラウンのスーツの外からでも相当に鍛え上げられているのが判る。

「永ちゃんのコンサートは初めて？」と眞由美。

「は、はい」

「盛り上がりましょうね。きっと貴女も永ちゃんに惚れちゃうわよ。あ、そうそう」

眞由美はハンドバッグを開け、小さなケースを取り出した。

「今度、遥子ちゃんと一緒に遊びに来てね」

眞由美はケースの中から名刺を1枚取り出し、麻理子に渡した。麻理子はそれを両手で丁寧に受け取る。麻理子が初めて貰った『YAZAWAな名刺』であった。

「それじゃまたね。楽しんでいってね」

笑顔で手を振りながら眞由美は拳斗の太い腕に手を廻し二人は去っていった。麻理子は名刺に目を移す。黒地にE・YAZAWAの赤いロゴと横顔のシルエットが彩られた面の裏に《Bar Open Your Heart owner 朝倉眞由美》と書いてある。

「眞由美さんは川崎でお店をやってるの」と遥子。

「そうなんだ」

「カッコいいお店なんだよ。今度連れて行ってあげる」

「うん」

と、その時、

「ねえねえ、お姉さん」

遥子の横の席に座っていた男が話しかけてきた。

「そちらのお嬢さん今日が初参戦なの？」

スーツでは無いがリーゼントでキメた、いかにも『YAZAWAファンでございい！』という風貌の男の声掛けに麻理子はビクッとした。

「そうなんですよ。ヨロシクお願いしますね」と遥子は笑顔で返す。

「二人共若いよねぇ」

「それに可愛いしなぁ」

男の連れも会話に参加してきた。

「ありがとうございます」

遥子の笑顔が更に明るくなる。男達は4人連れでアラフォー世代の様だ。

「こちらのお姉さんはいつからのファン？」

「私は『Z』からです」

「おぉ～～！　あれは良かったよねぇ!!」

「はい！　あの時は本当に感動しました！」

「まぁ永ちゃんはいつでもサイコーだけどね」

「そうですよね！　うふふふ」

麻理子は意外に思っていた。昔の遥子ならナンパ等で見知らぬ男が話しかけてきても、まともに相手にする事などなかったのに今は楽しそうに初対面の男達と談笑している。

するとと突然、奥の席の二人が立ち上がり、

「それじゃこちらの若くて可愛いお姉さんお二人、特に初参戦のこのお嬢さんを歓迎して永ちゃんコール行きます！」

「イエ――――イ！」

「うぉ――――――っ！」

麻理子は男の、麻理子にすれば全くもって意味不明な突然の宣言と周りの拍手や歓声にビックリした。だが遥子は楽しそうに笑っている。

「行くぜ――い！　永ちゃん!!」

「永ちゃん！　永ちゃん！　永ちゃん！　永ちゃん！　永ちゃん！　永ちゃん！　永ちゃん！」

麻理子達の周辺で勝手に盛り上がるYAZAWAファン達。遥子もコールこそしていないが手

拍子をしながら楽しげにノッている。戸惑いながらも、麻理子はさっきまで感じていた場違いな雰囲気を不思議な事に今は感じなくなっていた。

先程出逢った敏広達や眞由美。そして今、周りに居る人達は何故だか自分を歓迎してくれている。初対面で、しかもファンでは無い自分を、こんなにも気さくに受け入れてくれる『YAZAWAファン』達。麻理子は遥子が場外で言っていた言葉を思い出した。

《だけど矢沢ファンってあんな風な人達も話してみたら面白くて、いい人ばっかりなんだよ》

初めは半信半疑であったが、今は、それも嘘では無い様に思えてきた。

男の永ちゃんコールが一区切りしたところで、一斉に拍手が湧《わ》き起こる。

「ありがとうございまーす」

お礼を言う遥子に、更に拍手が向けられる。

「あ、そうだ！　肝心な物を忘れてたわ！」

遥子はバッグから黒い袋を取り出し、中から綺麗に畳んである二つのタオルを取り出した。

「今日は私のを貸してあげる」

遥子は、一つのタオルを広げて麻理子の肩に掛けた。

「お！　レインボーじゃん！　いいねぇ〜」と隣の男。

「このデザイン素敵ですよね」

「お姉さんの今日のタオルは？」

「私は今日はこれです」

遥子は、もう一つの白地に黒ロゴのタオルを広げた。

「王道だな！」

「私も幾つか買いましたけど、これが一番のお気に入りなんです」

「若いのに渋いねぇ〜！」

麻理子はまた困惑した。何故にこんな大きなタオルがコンサートに必要なのか？

そういえばさっきの3人もタオルを肩に掛けていたし、見渡せば会場に居る殆どの人が、そして横の席に居る男達も当然の様にタオルを持っている。

だがその答えを知るのにそれほど時間はかからなかった。

因みにそこの男達の持っているタオルは黒地赤ロゴ、赤地の羽根ロゴ、黄色地フデロゴ、黒地ワシロゴといった具合である。

「それじゃ今日は盛り上がっていこう！」

「はい！」

「本日は、ようこそいらっしゃいました」

遥子の返事が合図になったかの様に、場内アナウンスが響き渡る。

一通りの注意事項の告知が終わると軽快なシャッフル・ビートが流れ始め、オーディエンスがそれに合わせて永ちゃんコールを歌い始める。

そして会場は一瞬にして暗転に包まれ、地鳴りの様な歓声が武道館を包み込んだ。

頬を撫でる冷たい風が気持ちいい。真冬の夜だというのにコートを着る気にならない程に体が火照っている。10年前とは違う、今まで生きてきて味わった事のない感覚。何もかもに圧倒された。今夜の感想を率直に言えば、こんな感じであろうか。

マグマの様な熱気と、深海の様な静寂。

この相反する二つのイマジネーションを併せ持ったアーティストのパフォーマンス。それと表裏一体となり途轍もない一体感を醸し出すオーディエンス。

生涯2度目のコンサートだが、こんな体感が出来るコンサートなど他には無いんじゃないかと麻理子は直感的に思った。

それから例のタオル。

初めはコンサートに、あんな大きなタオルなんて奇妙に思えたし、そんなに汗をかくものなのかという突飛な考えまで頭に浮かんだが、そのタオルが一斉に武道館全体に舞った瞬間は何処か感動的だった。麻理子はタオル投げこそしなかったが、その時の高揚感は遥子や他のオーディエンス達と同じであった。

独特の気だるさを心地好く感じながら

「ねぇ、お腹空かない?」と麻理子。

「そうね」

遥子はクスクスと笑い始めた。

「何が可笑しいの？」チョット膨れる。

「だって10年前と同じ事、言ってる」

「そうだった？」

靖国通りに面した歩道で二人は右に曲がった。物凄く混み合っているが適度に流れている。

「調布まで我慢出来る？」と遥子。

「んん～自信ない」

「なら、とりあえず新宿まで出ましょう」

「賛成！」

麻理子の子供の様な反応に遥子はまたクスクスと笑いだした。

「だから何で笑うの？」

「何でもないわ」

《ホント相変わらず。でも良かった。少しは気分転換が出来た様ね》

約3週間前、遥子が久しぶりに電話を入れた時、麻理子は泣いていた。原因は彼氏との破局。余りに酷く落ち込んでいた麻理子に、何か良いカンフル剤は無いものかと思っていたら、偶々《たまたま》、今日のチケットが1枚余る事になり、それを譲って貰った遥子が半ば強引に麻理子を武道館へ連れてきたのだが、思いの外、効果は覿面だった様だ。

「今日はありがとう」

「えっ？」

突然のお礼に、遥子が聞き返す。

「ホント楽しかった」

麻理子の屈託の無い笑顔を遥子は久しぶりに見た。

「よかった」

「また今度、連れてきてくれる？」

「えぇ――っ？」

これは遥子も予想外であった。

「ダメ？」

「いや、ダメじゃないけど～そんなに良かった？」

「うん！」

「なら来年、また誘うね」

「ありがとう！」

「もしかして眞由美さんが言ってた様に、麻理子も永ちゃんに惚れちゃった？」

「うふふ、そうかも。でも……」

「ん？」

「勿論、矢沢さんもカッコよかったんだけど、矢沢ファンの人達ってみんな素敵だなって思って」

「うんうん」

コンサート終了後、麻理子達が会場の外に出た時、車椅子に乗ったお客さんを目にした。2階席の出口は階段だけでスロープ等の設備は無い。当然、付き添いの人だけでは下まで降りていくのは余程の怪力の持ち主でない限り不可能である。

どうやって降りるのだろうと思っていたら、いわゆるYAZAWAファンが自然に集まって車椅子を持ち上げだした。それぞれが互いに声を掛け合いながら呼吸を合わせて、ゆっくり、リズム良く降りていく姿から、車椅子に乗った人に出来るだけ負担を掛けない様にする為の配慮が窺える。そして下に着くと、何も無かった様にその場を去っていく。その自然体の優しさに麻理子は感動した。

「遥子の言う通りだと思った」

「でしょ」

二人は笑いながら九段下駅の階段を下っていった。

山本麻理子は1978年4月19日に東京の調布市にて、市役所の職員である孝之、元職員で現在は専業主婦の香澄《かすみ》の間に生まれる。一人娘という事もあって大事に育てられたが門限等は厳しく、塾や習い事は帰りが遅くなる事を理由に一切させて貰えなかった。

麻理子もあまり自己主張をしない大人しい性格だった為、親の言う事を素直に聞く良い子と学校や近所でも評判であった。

中学生になってもそれは変わらず、部活動も禁止。

母、香澄はもう少し麻理子を自由にさせてあげたいと思っていたのだが、麻理子が何も不満を漏らさないのを理由に、孝之は自身の教育方針を変えようとはしなかった。

だが高校の入学式を終えたその日に麻理子は父に、せめてこれからは部活くらいはやらせて欲しいとお願いしたものの敢え無く却下。この時ばかりは麻理子も黙ってはいられなかった。

中学生だというのに夕方5時という厳しい門限のせいで、友達と遊んだり部活をしたり出来なかった為に、同級生とコミュニケーションが取れずに学校で疎外感を感じていた事。素直に親の言う事を聞いていたが、実はずっと我慢していた事。

もう子供じゃないんだから少しは自分のしたいようにさせて欲しいと訴えたが、孝之は全く聞く耳を持たなかった。

この父の態度に麻理子は遂にキレた。

思いの丈をぶちまけるも父は単なる反抗期によるものと解釈したのか、まともに取り合おうとはせず、ただ自分の言う事に従っていればいいと諭すだけだったが、この時の麻理子にそれは逆効果であった。

結局、その後は売り言葉に買い言葉の応酬となり、初めてにして最大の親子喧嘩に発展。そして麻理子は泣きながら家を飛び出してしまう。どうせ夕飯の時間には戻ってくるだろうと孝之はタカを括っていたが、夜8時を過ぎても麻理子は戻ってこなかった。こうなると流石に心配になり家の周辺を探してみたが見付からず、徒《いたずら》に時間が過ぎていく中、一人パニックに陥り今更ながら孝之は自分の教育方針に疑問を持ち始めたのだが、それに気付くのが遅かった様である。

孝之はこの日、初めて父親としての試練を味わう事になった。

一方の麻理子。

勢い余って家を飛び出してきたものの、行く当ても無ければお金も持っていない。ただ無気力に調布駅前のパルコの中をうろついていたが、やがて閉店の時間。会社帰りの大人達が忙しなく行き交う駅前のロータリーで、麻理子は途方に暮れていた。素直に帰れば済む事なのだが麻理子にも、それなりに意地があった。

今回の件に関して自分に非は無いし、このまま帰ったら今後も父の言いなりにならざるをえない。

気が付けば9時を過ぎていた。

《こんな時に楓《かえで》叔母さんがいてくれたら……》

麻理子は母、香澄の妹の楓の事を思い出していた。

だがもう、その叔母を頼る事は出来ない。その時、

「カーノジョ！」

鼻にピアスをした男が麻理子に声を掛けてきた。

「どーしたのー？　待ち合わせー？」

ニヤけながら近づいてくる男に麻理子は緊張した。

「それとも家出してきたのー？」

ロータリーに停めてある大きなワゴン車から出てくる男の仲間。男は3人連れであった。いずれも顔のあちこちにピアスを付け、見るからに下品で素行が悪そうな連中である。

「え……あ……あの……」

麻理子は3人に囲まれてしまった。

「こんなトコに突っ立ってないでさぁ、遊びに行こうよー」

「何なら気持ちイイ事も教えてやるぜーぃ」

品の無い言葉に更に下品な笑い声を上げる男達。言いようの無い恐怖感に麻理子は震えた。

「ささ、行こうぜー」

男の一人が麻理子の腕を掴む。

《イヤ、止めてください……》

そう言いたくても声が出ない。更に腕を引っ張られるも、強張った体で腕を引き戻す。今、麻

理子に出来るささやかな抵抗であった。

「何だよーオイ！」

男達が苛立ち始めた。

「いいから来いよぉ！」

その時、

「ごめ〜〜ん！　待ったぁ〜？」

今度は一人の女の子が声を掛けてきた。

声の方を振り返る男達。麻理子も声の主に視線を向ける。だがその女の子に麻理子は心当たりが無かった。

《だ、誰？》

それが槙村遥子との出逢いであった。


「遅れてごめんねぇ〜」

遥子は男達の間に割って入って、麻理子の腕を掴んだ。

「みんな待ってるから行こ！」

強引に麻理子の腕を引っ張る。何が何だか全く理解出来ないでいたが、少なくとも今はこの見知らぬ女子に付いていった方がいいと思った。

「う、うん」

「ちょっとチョットー、その娘《こ》の友ダチィー?」

「そうよ」

「丁度いいジャン。一緒に遊ぼうゼーィ」

「間に合ってるわ。じゃーねー」

けんもほろろに、その場から立ち去ろうとする遥子。

「待てよコラァ!」

その態度にキレた男が遥子の肩を掴もうとした。だがその時、

「イデェ―――ッ! 痛たたたたたた!!」

遥子は男の手を掴み手首を逆に捻った。

通行人の視線が一気に男の方に向けられる中、麻理子は呆然とその場に立ち尽くす。

「そんなんだから、アンタ等はモテないのよ」

遥子は小学校の頃から合気道を習っているので、これ位の芸当は朝飯前であった。そして捻った腕をそのまま押し込んで放すと、男は一直線に仲間達の方に倒れ込んでしまった。

この手の連中は弱い者には威勢がいいが、予想外の反撃に遭うと途端にフリーズしてしまう。

「今度、私達に近づいたら折るからね」

「さあ、行きましょう」

もう一人、別の女性が現れ麻理子の肩にそっと手を置き、優しく微笑みかけた。遥子の姉の麗《れい》子《こ》である。麻理子を導きながら麗子は男達を睨みつけた。先程の笑顔とは反対に、その射る様な視線は迫力がある。

「乗って乗って」

遥子は、ロータリーに停めてある白いマジェスタの後部座席のドアを開けた。

言われるまま乗り込む麻理子。遥子はドアを閉めると反対側に廻って、麻理子の隣に滑り込んだ。

走りだすマジェスタの車中で、安堵の表情を浮かべる麻理子。

「あ、ありがとうございました」

やっと普通に声が出る様になった。

「あんな所でボーッとしてたら駄目よ！　しかもこんな時間に！」

いきなり怒られて、また萎縮してしまう。

「ご、ごめんなさい……」

「あんな連中と関わると酷い目に遭うよ！　走って逃げるか、大声出して助けを求めなきゃ！」

「は、はい……」

「怖かったのよね。無理もないわ」

叱咤する遥子とは反対に麗子はルームミラー越しに麻理子を見ながら優しい言葉を掛ける。

「家まで送るわ。ご両親も、きっと心配してらっしゃるわよ。お住まいはどの辺り？」

麗子に問われると麻理子は無言で俯いてしまった。

「何か訳あり？」と遥子。

麻理子は何も喋ろうとしない。

「黙ってちゃ判らないジャン」

麻理子の膝の辺りをポンポンと叩きながら顔を近付ける。

「何か話してよ。山本麻理子サン」

「！」

唖然とする麻理子。

「どうして私の名前を!?」

「だって今日、入学式で一緒だったじゃない」

「ええっ!?」

麻理子は、今日の高校の入学式の記憶を辿り始めた。だが、遥子との接点は全く思い出せなかった。

「私、武蔵丘女子高校1年D組の槙村遥子」

「……同じクラス」

「そうよ。ヨロシクね」

遥子が手を差し出すと麻理子は戸惑いながらも、それを握り返した。

「それで、何があったのか話してよ。クラスメイトなんだし、いいジャン」

「う、うん……」

何から話していいのか、それ以前に何を話したらいいのか。今の麻理子には適切な言葉が全く浮かばなかった。その時、
くぅ〜〜ぅ〜〜……。

麻理子のお腹が鳴りだした。そういえば、まだ夕食を食べていなかったのだ。情けない音が車内に響き渡り、麻理子は真っ赤になってまた俯いてしまった。

「お腹で返事されてもねぇ」

意地悪な笑みを浮かべる遥子の言葉に、両手で顔を隠す麻理子。本気で恥ずかしがっている。

「麗ネェ、あたしもお腹、空いちゃった。ファミレスにでも寄ってくれない？」

「そうね。私もコーヒーでも飲みたいと思ってたところ」

甲州街道を走行中に丁度よいタイミングで一軒のファミレスの看板が見えた。マジェスタはその駐車場に流れ込む。平日の夜9時過ぎという事もあり、比較的空いている様だ。

マジェスタは入り口に一番近いスペースにバックで停まった。

「さあ、行こう」

「え、で、でも……」

「心配いらないって！　今日は姉貴のおごり！」

その言葉に麗子も頷いている。遥子は反対側に廻ってドアを開けてあげた。

「あ、ありがとう」

「その代わり何があったのか、ちゃんと話してね」


麗子の運転するマジェスタが麻理子の自宅前に着いた時には、既に11時を過ぎていた。一人では家に戻り難いだろうと麻理子を気遣い、麗子と遥子も一緒に付いてきた。

麗子が呼び鈴を押す。麻理子の母、香澄が応対に出てきた。麗子がインターホンに話し始めようとした時、

「山本麻理子サンをお届けに上がりましたーッ！」

遥子が横から割って入ってきた。

「アンタねぇ」

宅配便じゃないんだからとでも言いたげに麗子は呆れ顔だが、麻理子はクスクスと笑っていた。勢い良くドアが開く。父、孝之が飛び出してきた。

一瞬、気不味い雰囲気が漂う。

「お、お父さ……」

麻理子が言い掛けたその時、孝之は何も履かずに麻理子に駆け寄り、そして麻理子を思い切り抱きしめた。

孝之は泣いていた。そして何やら謝罪めいた事を言っている様だったが、言葉になっていなかった。その横で遥子は姿勢を楽に崩す。もし孝之が麻理子を殴ろうとしたら得意の合気道で阻止するつもりであったが、その必要は無かった。

「あの～、どなたか存じませんが、麻理子を送って下さってありがとうございます」

母、香澄が出てきて頭を下げる。

「いえ、こちらこそ夜分遅くに申し訳ありません」と麗子。

「いえいえ、そんなこちらこそ」

香澄は更に深々と頭を下げる。

「初めまして。私、槙村麗子と申します」

麗子は既婚者で現在の姓は『三枝《さえぐさ》』なのだが敢えて旧姓の方で名乗った。

「これは妹の遥子。今年から麻理子さんと同じ武蔵丘女子高校に通うことになりました」

「遥子です。麻理子さんと同じクラスです」

「麻理子の母です」

一通りの挨拶が済んだ後に、麗子はここまでに至った事のあらましを掻い摘まんで説明した。余計な心配を掛けたくないと思い、不良に絡まれていた事は敢えて話さなかった。

「それでは私共はそろそろ失礼します」

「お茶も出さずに重ね重ね申し訳ございません」

「いえいえ、どうかお構いなく」

「本当に、ご迷惑をおかけしました」

と、孝之が鼻を啜りながら頭を垂れる。麗子は孝之に会釈をして車に乗り込んだ。

「お休み。また明日ね」

遥子が麻理子に手を振る。

「うん。お休みなさい。今日はありがとう」

車が見えなくなるまで、孝之と香澄は頭を下げ続けた。


――翌日――


普段の麻理子は早起きで始業時間の30分前には登校しているのだが、この日ばかりはギリギリまで寝てしまい学校に着いたのは始業10分前であった。

小走りで教室に入ると、遥子は既に登校していた。

「おはよう」

「あっ、おはよう」何だか照れ臭い。

「眠れた？」

「う、うん」

「よかった」

「あ、昨日は本当に……」

「そんなのはいいから今度、どっか一緒に遊びに行こ！」

「う、うん」

「お父さんも少しは門限、緩くしてくれたでしょ？」

「うん」

まだ父、孝之とはその辺の話し合いはしていないのだが、昨夜の事もあって麻理子の要望がある程度なら受け入れて貰えそうな雰囲気ではあった。

「そういえば昨日、部活やりたいって言ってたけど、もう決まってるの？」

「ん〜、まだ何も。槙村さんは……」

「遥子でいいわ」

「うん。遥子さんは中学の時、何か部活を？」

「さん付け要らないって。私は習い事してたから、部活はやってなかったの」

「習い事？」

「うん。合気道」

「あぁ」

麻理子は、昨夜の遥子の見事な立ち回りを思い出した。

「でも無理して部活始める事もないんじゃない？」

「どうして？」

「だって一緒に遊びに行く時間が無くなっちゃうじゃない」

「うふふふ」

何故だろう？　出逢って二度目の筈なのに、こうして遥子と話していると、何だか昔からずっと友達だった様な気がしてしまう。

「この学校、部活は義務じゃないんだし。だから特にやりたい事が無いのなら無理に部活始めて時間に縛られるのもどうかなって思ってね」

「そっか」

実は麻理子が部活を始めたいというのは、父が決めた厳しい門限に対して反発する為の理由付けみたいな部分もあった。遥子は昨夜の時点でそれを察していたのかもしれない。

「充実した高校生活なら部活以外でも出来るよ。要は自分で考えて自分で責任持って行動する事」

この言葉は麻理子に響いた。そしてそれは麻理子に、昨日の孝之とのやりとりを思い出させた。

本来、部活や門限とクラスメイトとの円滑なコミュニケーションは無関係である。今思えば、自分があの時、父にぶつけた鬱憤は自分自身の未熟さを認めたくない為の八つ当たりだったのかもしれない。結果、家を飛び出しても自分だけでは何も出来ず両親にも、そして遥子達にも迷惑をかけた。

反省の気持ちと同時に何だか目が覚めた様な気分になる。

「なんてね。これは姉貴の受け売り」と言って遥子が舌を出す。

「あははは」

始業のチャイムが鳴り、間もなく担任が教室に入ってくる。

「また後でね」

自分の席に戻る遥子。

「うん」

朝のホームルームが始まる。

何だか不思議な雰囲気を持ったクラスメイトの遥子。

新たな生活を良き友との出逢いで迎えられる事に麻理子は胸を躍らせた。

2004年1月

正月休みの余韻から冷め始めた頃に、遥子からメールが届いた。ＹＡＺＡＷＡ仲間達による新年会のお誘いであった。日取りは今月の第４土曜日。場所は川崎のBar : Open Your Heart。

麻理子は昨年、武道館で逢った朝倉眞由美の事を思い出し、その時に貰った名刺をケースから出した。いわゆる酒の席が昔から苦手だったので、この手のイベントは大学時代から断る事が多かったのだが、この時ばかりは出席したいと返信した。

尤《もっと》も遥子の誘いを断った事は一度も無いのだが、思えば遥子からの酒絡みの誘いはこれが初めてであった。

携帯を閉じ、麻理子は壁に掛けてあるフォトフレームに視線を送る。９枚もの写真が飾られているが、２枚を除いていずれも遥子と一緒の写真ばかり。

真ん中の写真で視線が止まる。高校の卒業式の時に、二人だけで撮った写真。振り返ってみるとあの頃が、遥子といつも一緒だった高校の３年間が、今までの人生で一番楽しかった気がする。

高校卒業後、麻理子は自宅からバスで通える武蔵野市内の、遥子は新宿区の大学と別々の道を歩みだした。それでも親友同士だったから頻繁に連絡は取り合っていたが、お互いの生活習慣が変われば当然、会う機会は減ってしまう。

大学生活もそれなりには楽しかった。新しい友人。初めての恋愛。初めて垣間見た大人の世界。だが、振り返ってみると、刺激的ではあったが思い出と呼べる様なものは殆ど無い。強いて挙げれば、大学の先輩だった初めての彼氏に浮気をされて、半年で破局した切ない思い出くらいなものか。

大学を卒業すると麻理子は調布市内の総合病院の受付で働き始める。社会人になってからは、お気楽だった学生時代と違い、慌しい日々が、ただ漠然と過ぎ去って行く。

気が付けば20代も半ばに差し掛かっていた。

《二十歳《はたち》を過ぎたら三十路まで早い》

成人式の時にはそんな事ないでしょうと思っていたが、今は実感している。思えばそんな焦りからあんな行動に出てしまったのかもしれない。

麻理子は視線を左上の写真に移した。

昨年破局した元カレ、小野寺泰昭とツーショットの写真であった。同じ大学で同い年で同学年。４年生の時に知り合い、元カレと違い真面目で誠実そうなところに惹かれ、初夏の頃に付き合いだし遥子にも何度か逢って貰っていた。

卒業後も交際は順調で、麻理子はいよいよ結婚を意識しだしていたのだが、昨年の春辺りに泰昭の仕事が急に忙しくなり逢えない日が続く。メールと電話のやり取りだけでも初めのうちは我慢出来たが次第に泰昭からの反応が素っ気無くなりだし、二言目には「忙しい」「今、疲れてる」で切り上げられてしまう。

《もしかして浮気してるんじゃ？》

元カレの事もあって不安になった麻理子は、以前にも増してメール、電話攻勢を仕掛けだし、遂に泰昭の自宅マンションにアポ無しで押しかけてしまった。

結局、浮気の事実は無く本当に仕事が忙しい為、泰昭は自分の時間すら確保出来ずストレスが溜まる日々の連続だったのだが、麻理子の行き過ぎた、また自分への配慮に欠ける行為に嫌気がさして、後日、別れを告げられてしまう。

「仕事で疲れ切ってる時に押しかけられたら男は怒るよ。それは麻理子が悪いよ」

フラれた数日後、久しぶりに逢った遥子に言われて、その時は傷口に塩を塗られた想いだったが今は何とか冷静に受け止める事が出来た。

「彼が信じられなくなったのなら別れるべきよ。逆に聞くけど自分を信じてくれない男と麻理子は付き合える？」

あの時はカフェの店内で人目も憚らず泣きに泣いたのだが、これも今は理解出来る気がする。

遥子は昔から麻理子を決して甘やかさなかった。麻理子が自分の気持ちに同意して欲しい時も、優しい言葉で慰めて欲しい時も、遥子は自分がおかしいと思ったら決して容赦しなかった。

時々、本当に親友なのかと疑いたくなる時もあった。だがそのお陰で麻理子が成長出来たのも事実で、何より厳しい言葉の中にも遥子のそれには常に愛情が篭っていた。

《また遥子に助けて貰った》

高校の頃の、楽しかったあの頃の様な日々が再び訪れそうな予感。

しかもそのキッカケとなったのが『矢沢永吉』とは、麻理子にとって全くの想定外であったが今はそれさえも楽しめる位に傷も癒えてきた。

麻理子は昨年のクリスマスに遥子がプレゼントしてくれた矢沢永吉のベスト・アルバム、『THE ORIGINAL』のDisc Aをミニコンポにセットした。


新年会当日。

麻理子は夕方6時にJR川崎駅で、その日、日中は仕事だった遥子と待ち合わせ、軽く食事をしてから眞由美の店に向かった。

女性の足で駅から徒歩10分位の雑居ビルの1階に、Open Your Heartは店を構えている。

開始予定時間は7時。15分早く店に着くと扉には大きく『本日貸切』のプレートが掛かっていた。遥子が扉を開けると、店内に流れている♪RUN&RUNが聴こえてくる。

「いらっしゃーい」

眞由美の明るい声が響く。

武道館の時とは違ってゴールドのE・YAZAWAのロゴが胸に入った黒いTシャツにデニムと、かなりラフな格好である。

「明けましておめでとうございまーす」

「おめでとう遥子ちゃん。キャーッ！　麻理子ちゃん来てくれたのね！」

だ。
「嬉しいわ。いらっしゃい！」
麻理子を抱きしめる眞由美。武道館で逢って以来、すっかり麻理子が気に入ってしまった様
「こんばんは」

まだ他に誰も来ていない様だが、カウンターの奥にはソムリエール風の若い女性が一人立っていた。長いカシスベリーの髪をポニーテールに纏め、赤いフレームの眼鏡が知的な雰囲気を漂わせている。

「私の娘なの。麻理子ちゃんは初対面よね」

「初めまして。麻生愛美《まなみ》です」

「別れた旦那の苗字よ」

聞き難い事をさらりと言ってしまうところに、眞由美のサバサバした性格が表れている。

愛美は二十歳。子供の頃は眞由美と暮らしていたが、東京の大学に進学すると同時に品川区の父親宅へと世話になり、夜は週3回都内のホテルのバーでアルバイトをしているという。

「週末によく店を手伝いに来てくれるの。私に似ないで良い子に育って良かったわ」

「でも、お酒と永ちゃんが好きなところはママ似よ」

愛美の言葉にみんなが笑う。

「楽しそうだな」

若林拳斗が店に入ってきた。

「お疲れ様」

眞由美は拳斗の背中に廻りジャケットをゆっくりと脱がし愛美に渡す。受け取った愛美はカウンターの奥のクロークにそのジャケットを仕舞う。まるで帰宅した父親を出迎える妻と娘の様だ。

「こんばんはー！」

今度は敏広と賢治が勢い良く入ってきた。

「いらっしゃい」

「おめでとう」

「遥子ちゃん、あけおめ。オォー！　麻理子ちゃんまた逢えたね！」

「こんばんは」

「愛美ちゃーん！　今年もヨロシクねーっ！」

カウンターの奥にいる愛美を目敏く見付ける敏広。

「ヨロシクー」と手を振る愛美。

「今年は一緒に永ちゃん観に行こうねー！」

愛美は、それには答えずただ笑っていた。

「あれ？　裕司君は？」と遥子。

「風邪ひいたって」と賢治。

「そうなの?」

「最近、寒いもんねぇ」と眞由美。

「ったく馬鹿は風邪ひかない筈なのになぁ」と敏広。

「裕司もお前には言われたくないと思うぞ」

賢治のツッコミに一同が爆笑する。

「あらー? もう始まっちゃってる?」

今度は宝塚の男役の様な雰囲気の女性が入ってきた。麻理子が初めて見る顔であった。

「まだよ。いらっしゃい」

「盛り上がってるみたいじゃない」

「情事さん、こんばんは」

「遥子ちゃん久しぶり! 元気だった?」

「はい。去年は打ち上げ急に欠席してすみません」

「いいのいいの! でも遥子ちゃんは、ちゃんと事前に連絡くれるから助かるわぁ」

情事と呼ばれるこの女性は遥子達のグループで打ち上げ等を仕切る、言わば宴会部長の様な存在で今回の新年会の発起人でもあった。

「で、彼女がその親友さん?」

「はい」

「は、初めまして！　山本麻理子です」

「ホントに可愛いコね」

　昨年の武道館最終日の打ち上げの時に敏広達から麻理子の話は聞いていた。

「情事さん、去年の打ち上げの店、良かったですよ！」と敏広。

「でしょ。色々調べたのよ。私に感謝しなさい！」

「いつもしてますよ」

「とか何とか言って陰で私の悪口言ってるんじゃない？」

「そんな事ないですよ！」

「あぁ、そういえばコイツこの前、情事さんの事を九重親方みたいだって」

「おいコラ賢治！　止めろ！」

「何ですってぇ⁉」

「いやいや！　それだけ頼り甲斐があるって意味で言ったんで、決して見た目の事じゃありません！」

「お前それ全然、言い訳になってないぞ」と拳斗。

「大体、頼り甲斐って女性に対する褒め言葉じゃないわよねぇ」と眞由美も言い添える。

　念の為に記載しておくが九重親方とは元横綱の千代の富士関の事である。

四面楚歌となった敏広の慌てふためく姿に皆が笑う中、麻理子はちょっと困惑していた。

「ん？　どうしたの？」と遥子。

「え？」

「何か困惑してる感じ」

遥子の言葉で皆が麻理子に注目してしまった。

「あの～失礼ですが……」

仕方がないので、恐る恐る尋ねてみる。

「女性の方ですよね？」

「？　そうだけど？」

「いや、あの……遥子も皆さんもジョージさんってお呼びしてるから……」

一瞬、沈黙が店内を包む。そして一気に笑いが湧き起こった。当然、麻理子には何故、笑いが起こるのか理解出来ない。

「そっかそっか！　そういう事ね！」

「麻理子には判らないはずよね」

「情事って私のハンドルネームなのよ」

まだ意味が判らない。

愛美がラックから１枚のＣＤケースを取り出し麻理子の前に置いた。矢沢永吉のスタジオ・アルバム通算18作目のタイトルが、この『情事』である。

「私のお気に入りでね。これから取った名前よ」

やっと大体、理解出来た。

「本名は佐野奈穂子。ヨロシクね」

麻理子に名刺を渡す。麻理子が貰った2枚目のYAZAWAな名刺は、その『情事』のジャケット・アートが描かれていた。

「は、はい。こちらこそ大変な失礼を……」

「うふふ、いいのよ。ネットでは私、本気で男だと思われてるし」

奈穂子はパソコンで矢沢関連の掲示板によく書き込みをするのだが、そのHNとちょっと乱暴な文体を書き込む為に、リアルの奈穂子を知らないネットユーザーからはオッサンだと思われている。

「こんばんは～」

また扉が開く。今度は40代後半と思われる男女が二組、入ってきた。

「いらっしゃ～い」

「おぉ。結構、揃ってるねぇ」

二組共、この店の常連客で敏広達は面識があったが遥子は初対面であった。

「ママ、そろそろ7時だけど」

「まだ全員、揃ってないけど始めちゃいましょうか」

雑談の最中に愛美がグラスとドリンク類、オードブル等を載せたプレートをカウンターに準備していた。眞由美が手際良く、それ等をテーブルに運び、奈穂子や敏広達も手伝う。

カウンターから出てきた愛美が、瓶ビールの栓を抜きグラスに注ぐ。

「麻理子はウーロン茶にする?」

「うん」

全く飲めない訳では無いが、アルコール類は元々そんなに好きでは無かった。

皆の手にグラスが渡ると、奈穂子が挨拶を始めた。

「みんな忙しい時に時間を作って来てくれてありがとう。堅苦しい挨拶は抜きにするけど、今年も場所を提供してくれた眞由美ちゃん一言ヨロシク」

「みんな今日はジャンジャン飲んで、売り上げに貢献してね」

笑いが起こる。

会費は一人あたり三千円と決まっているので、ジャンジャン飲まれたら逆に赤字なのだが、当然眞由美は知っていてそれを言っている。

「それじゃ今年もヨロシク!」

「かんぱ――――い!!」

YAZAWAな新年会が始まった。

Open Your Heart の店内はフロア部分だけでも20畳位と中々広く、入って左側の壁には様々な年代の矢沢永吉のポスターが、入り口に面した壁には異なったロゴデザインのビーチタオルが特注の額に入れられて飾ってある。その殆どが眞由美のコレクションだが、たまに常連客や昔からの仲間がプレゼントしてくれた物もある。

大きめで縦長の黒いソファが壁際にコの字に並び、長方形のテーブルが５つと向かい側に丸ソファが各テーブルに２つずつ、右手にカウンターと止まり木が10基、広い間隔で配置されている。

バーというよりスナックに近い雰囲気であるが、自分の店で素人の下手な歌なんて聴きたくないという眞由美の意向で、ＹＡＺＡＷＡファンの経営するお店では珍しくカラオケが無かった。店名は３ｒｄアルバム『ドアを開けろ』から取った物で、ＢＧＭは勿論ＹＡＺＡＷＡオンリーである。

程よい音量で永ちゃんの曲が流れる中で、参加者達が熱くＹＡＺＡＷＡを語りだす。特に眞由美や奈穂子、そして常連客達はファン歴が長い事もあって、その思い入れは敏広や遥子達の様な若い世代よりも遥かに深く熱い。

だが敏広と賢治も負けてはいない。キャリアは眞由美達に遠く及ばないが、ＹＡＺＡＷＡのステージに心の底から感動したファンの一人として、遠慮無く持論を展開する。

横で話を聞きながら、麻理子は意外に思っていた。みんな言いたい放題だからだ。最初に抱いていたイメージでは矢沢ファンは皆、永ちゃんを賞賛するだけで、悪く言う人など皆無だと思っていたのだが、少なくとも、ここにいる人達は皆ズケズケとはっきり物を言う。

一例で過去のライヴの話題では、

「あの時のあの演出はナイよねぇ」

「あれは金の無駄だよ」

「あの時のMCも無駄に長かったね」

「うん。面白くもなかったし」

「最後は何だか意味不明になってたもんね」

「無理に話なんかしないで早く歌ってくれればいいのに」

「またあの曲、演《や》ってたけど、いい加減飽きたよ」

「他に良い曲いっぱいあるのに、あの選曲はセンス疑う」

と、まぁボロクソである。

後に「ファンは勝手な事を言うからねぇ」という矢沢永吉本人の言葉を耳にした時、麻理子はこの日の事を思い出す。

だが勿論ダメ出しばかりではない。

「去年あの曲、演ってくれたのは嬉しかった！」

「あれは痺れたね！」

「あの曲も良かったよ」

「あの頃を思い出したわ！」

「あの曲、CDでは良いと思わなかったのにライヴで聴くと凄くいいね！」

「YAZAWAマジックだよね」

「永ちゃんって、首筋の辺りがホントSEXYなのよねぇ！」

「確かに男の人であんなに色気のある人って居ないわよね」

「横顔もカッコいい！」

「歌声も色気がありますよ」

「殆どの曲を未だに原曲キーで歌えるのは凄いね」

「永ちゃんキー高いからカラオケで歌うとキツいんだよなぁ！」

横で聞いていて率直に感じたのは、ここにいる人達はみんな正直で、そして本当に矢沢永吉が大好きなのだという事。

それから時に意見が分かれる事もあるが持論を他者に押し付ける様な事はせず、特にベテラン勢が年齢やファン歴に拘らず敏広達若手の話に、ちゃんと耳を傾けるところに懐の深さも感じた。

また、こういう席では新参者は会話に参加出来ず孤立してしまう事が多いのだが、遥子が一緒だった事もあるが皆が麻理子に気配りをしてくれるので淋しい想いをする事もなく、むしろ、まだファンではない麻理子でも楽しく話に参加する事が出来た。

「麻理子ちゃんはどう？　楽しかった？」

「はい！」

「どの曲が良いと思った？」

「タイトル判らないんですけど……あの女性コーラスの人とのデュエットが素敵でした」

「♪SUGAR DADDYね」

「あれはホント良かったねぇ〜！」

「俺、正直あの曲、存在自体を忘れてましたよ」

「実は私も」

「他には？」

「口笛を吹いてた……ギターを持ってアリーナの中央で歌ってた曲は何だか聴き憶えがある様に思いました」

「♪YES MY LOVEね」

「あれ私の思い出の曲なのよねぇ〜」

「なら今、俺が歌って差し上げましょう」

「思い出が汚れるから止めて」

盛り上がっている最中にも一人また一人と参加者が訪れ、気が付けば店内には20人あまりものファンが酒と熱意を酌み交わしていた。

メンバーの中には敏広や賢治達も初対面の者もいたが、グラスを合わせたらそんな事など関係なく、みんな昔からの友達の様に語らい始める。普通ではこんな光景は考えられない事である。そしてそれを可能にしているのがYAZAWAというキーワードである事実。

麻理子は『矢沢永吉』という人物に改めて興味を抱いた。

そして時計の針が9時過ぎを指した頃に、

「こんばんは～」

初老の男性が一人、現れた。

「神崎さん!!」

遥子と眞由美が同時に叫ぶ。

「大丈夫なの!?」

眞由美が駆け寄る。

「まぁ、お陰様でね」

店内に入りドアを閉めようとした時に、神崎がよろけた。

眞由美と拳斗が咄嗟に支える。

「いやぁ、すまないね」

「無理しないでね」

「遅れて申し訳ないね。昼寝をしてたら寝過ごした」

「いいのよ。でも来てくれて嬉しいわ」

「体が鈍っちゃってね」と苦笑する神崎。


拳斗がドアに一番近いソファに神崎を促し、愛美がお絞りとホットレモネードを持って神崎の前に置いた。


「神崎さん今日はアルコールは駄目だからね！」と眞由美。

「判ってる。ウチのにもキツく言われてるからね。暫くは大人しくしてるよ」

「いいコねぇ」

と、隣に居る奈穂子がお子ちゃま扱いしながら神崎の頭を撫でる。

黙って撫でられる神崎の姿に、一同から笑いが漏れる。熱いレモネードを一口啜って、

「遥子ちゃん昨年は色々と、すまなかったね」

「とんでもないです。ホント大丈夫ですか？」

「体の方は大丈夫だよ。ここまで来るのにチョット疲れたけどね」

「よかった。でも無理しないでくださいね」

「ありがとう。ウチのも遥子ちゃんにヨロシク伝えて欲しいと言ってたよ。ところで……」

神崎の視線が麻理子の方に向けられる。

「こちらのお嬢さんが？」

「はい。神崎さんのチケットは無駄にはしませんでしたよ」

そう言って麻理子の肩をポンと叩く。

「初めまして。山本麻理子です」

「裕司の言う通り本当に可愛らしい人だねぇ」

神崎は財布から1枚、名刺を取り出した。

「神崎雄一郎です」

麻理子に渡されたその名刺は、ＹＡＺＡＷＡな物ではなく普通の名刺であった。

「昔の職場の名刺が大量に余っててね」と笑う。

反射的に裏返すと、手書きで携帯番号とメールアドレスが記載されていた。

神崎雄一郎は大手重工業の工場に長年勤めていたが、4年前に定年。

職場の部下だった汐崎裕司が今まで世話になったお礼という事でその年のコンサートに招待したところ、齢六十にして完全にＹＡＺＡＷＡワールドにブッ飛んでしまい、以来、毎年ライヴに参戦しながら、眞由美や遥子達とも交流を深めていった。

「それじゃ神崎さんも来た事だし、改めて乾杯しましょ！」

立ち上がった奈穂子がグラスを持ち上げて周囲を見回した。

「神崎さんの快気祝いと永ちゃんの益々の活躍を期待して」

「カモーン、カモーン、カモーン、カモーン、カモーン、カモーン」

誰かが♪BIG BEATの一節を歌いだした。

「Wooooooooo〜OH!!」

威勢のいい掛け声と共に皆がグラスを掲げる。

神崎が来店してからの1時間は初めの頃の熱帯夜の様な空気が嘘の様に、和やかな雰囲気の中で会話が交わされた。尤も隣のテーブルでは敏広達も交ざって、酔いの回った男衆が何やら馬鹿話で盛り上がっている様だが、麻理子は彼等を見ても何故か今日は不快に思わなかった。

大学のコンパや職場での忘年会等では、お酌を強要されたり無理に酒を勧められたりという事もあって、酔っ払いに対して嫌悪感を抱いていた麻理子だったが、思えば今日は誰も麻理子に酒もお酌も強要しないし、酔った勢いで無神経な事を言う輩も、この場には居なかった。

麻理子はこの日、初めて酒の席を楽しいと思った。


「ママ、時間よ」

時計が11時5分前を示した頃に、カウンターの奥で洗い物をしていた愛美が告げる。

「え？　もう？」

「楽しい時間は経つのが早いわねぇ」

「ホントに」

「それじゃ集金するわ。一人三千円ね！　あ、神崎さんは、いいからね」

「え？　いや、払うよ」

「いいわよ。だってレモネード2杯しか飲んでないじゃない」

「そうですよ。今日は私達が御馳走します」と愛美。

「そっか。じゃあ、お言葉に甘えて」

雄一郎は懐から手を抜いた。

「それじゃ2次会はワン・ナイト・ショーね」

「イエ――――イ!!」

「今夜は歌い捲《まく》るぞーっ！」

「今夜もでしょ？」

ワン・ナイト・ショーはOpen Your Heartからワンブロック離れた雑居ビルの地下にある、これまたYAZAWAファンが経営するスナックで、昔から永ちゃんのカラオケが充実している店であった。

「あ、私達はこれで失礼します」と遥子。

「えぇ～～～!?」

男衆が不満を漏らす。

「何だよ～遥子ちゃんと麻理子ちゃんに♪アイ・ラヴ・ユー，ＯＫを捧げるつもりだったのに」

と敏広。

「前に捧げて貰ったわよ」

と遥子が呆れ顔で笑う。

「麻理子ちゃんにはまだ捧げてないぜ」

困った表情を浮かべる麻理子。

「いいじゃん！　せめて1時間だけ!!」

「ほらほら。下心丸出しの男はモテないよ！」と奈穂子。

「はい了解なり！」

意外な程、素直に従う敏広。

「残念だけど気をつけて帰ってね」

「はい。お世話様でした」

「麻理子ちゃんもありがとね」

「こちらこそ、ありがとうございました」

「また来てね」と眞由美。

「はい是非！」

「私もこれで失礼するよ」と雄一郎。

「来てくれて嬉しかったわ。気をつけてね」

「今度は2次会まで行ける様に体力を戻しておくよ」

「神崎さんの♪長い旅、また聴きたいわ」

「あんなヘタな歌でよかったら、いつでも披露するよ」

謙遜しているが、まんざらでもなさそうである。

「はい。それじゃ移動するよ」

皆が店の外に出る。

眞由美と愛美は洗い物や掃除を済ませてから2次会に合流というのがいつものパターンであった。敏広や他の参加者達と一通りの挨拶を交わして雄一郎は眞由美が呼んでくれたタクシーに乗り込み、遥子達は川崎駅へ歩いていった。

「楽しかった。今日も誘ってくれてありがとう」

「そういえば、麻理子と一緒に飲みに行くのって初めてだよね」

「そうだね。私はお酒、飲んでないけど」

「退屈しなかった？」

「全然！　みんな楽しくていい人ばかりだし」

「今度はワン・ナイト・ショーも行ってみる？」

「うん！」

「でもワン・ナイト・ショーに行ったら、間違いなく朝までコースになるよ」

「お休みの前の日だったら大丈夫！」

「じゃあ今度は二人で朝帰りだ」

「うん！　楽しみ！」

《もう吹っ切れたかしら》

昔の頃の様な明るい笑顔に安心すると同時に、ここまでYAZAWAに、というよりYAZAWAな集いに麻理子が馴染んでいる事に遥子はちょっと驚いていた。

麻理子が最初に所有した矢沢永吉のCDは、昨年のクリスマスに遥子がプレゼントしてくれた2枚組のベスト・アルバムの『THE ORIGINAL』。その後、年明け早々に自分で『THE ORIGINAL 2』を購入。それから先日の新年会でも話題に上った『情事』を今日の仕事帰りに買ってきて、たった今、一周、聴き終えたところであった。
矢沢永吉と言えばイコール・ロックというイメージが当然ながら一般的であるが、この頃になると麻理子の矢沢永吉に対するイメージは最初の頃と比べると、かなりの変化があった。
《バラードも多いし歌声も素敵》
この頃の麻理子のお気に入りは、♪BELIEVE IN ME　♪あ・い・つ　♪YES MY LOVE　♪ラスト・シーン　♪DIAMOND MOONといったところだが、♪ROCKIN' MY HEARTや♪YOUに♪夜間飛行、なども好みであった。

麻理子はコンポのPLAYボタンを押して『情事』をリピートし始めた。

♪SOMEBODY'S NIGHTのイントロの稲妻が鳴り響く中で、2作のベスト盤を棚に仕舞おうとして椅子から立ち上がる。幅1メートル程の本棚のうち、真ん中辺りの3段がCDで埋まっている。その3段目の僅かな隙間に、そっと2枚のCDを押し込んで棚を見渡した。ざっと300枚以上あるCDの殆どは実は麻理子が自分で買った物では無かった。

1段目の右端から1枚のCDを取り出す。

ビリー・ジョエルの『ニューヨーク52番街《52nd Street》』。麻理子が子供の頃からのお気に入りの1枚である。

そしてもう1枚CDを取り出す。

こちらも『ニューヨーク52番街』こっちは最初に取り出した物より、かなり年季が入っていた。

この様に、麻理子の部屋にあるCDの中には何種類か同じ物が2枚あった。

今度はフォトフレームに視線を移す。

右上スペースに入れて飾ってある遥子と一緒に写っていない、もう1枚の写真。それは麻理子が小学生の頃に、叔母の森野楓とディズニーランドで一緒に撮った物であった。

《楓叔母さん……》

森野楓は麻理子の母、香澄の5歳下の妹で、聖蹟桜ヶ丘の郵便局職員であった。

美人だが結婚願望が無く独身だったので姪っ子の麻理子を我が娘の様に可愛がった。また麻理子の父、孝之が家族サービスに消極的であった為、麻理子をディズニーランドや海、プール等のレジャーに連れて行ってくれるのも楓だったので、麻理子もよく懐いていた。

その叔母、楓の趣味がドライブと洋楽鑑賞。ＡＢＢＡやホール＆オーツといったソフトな物からディープ・パープルやＫＩＳＳの様なハードな物まで幅広く聴いていたが、中でも特に好きだったのがビリー・ジョエルで、麻理子がビリーを聴く様になったのも、その影響である。

「麻理子はどれが一番お気に入り？」

「う〜ん」

小学校に入学した頃のある日、楓に聞かれて数多いコレクションの中から麻理子がちょっと悩んで選んだのが『ニューヨーク52番街《52nd Street》』。理由はその中の2曲目の♪オネスティが当時の麻理子の最も好きな曲だったから。

「いい趣味だね。さすが私の姪っ子！」

数日後、その日は麻理子の誕生日で、楓は最新のＣＤラジカセと一緒に『52番街』のＣＤを麻理子にプレゼントしてくれた。そしてそれは麻理子が初めて所有したＣＤであった。

「麻理子が大きくなったら、一緒にビリーのコンサートに行こうね」

「うん！」

80年代、ビリー・ジョエルは割と頻繁に来日していたので、楓は麻理子をコンサートに連れて

行きたいと思っていたのだが、その度に、

「小学生がロックのコンサートなんて、とんでもない！」

と言う堅物な孝之の反対を受けて敢え無く断念。行く気満々だった麻理子を落胆させてしまう故に、その様な約束が二人の間で交わされた。

だが、その約束が果たされる事はなかった。

麻理子が中学生の頃に楓が癌に蝕まれている事が発覚。手術を受けるも時既に遅く、麻理子の高校の合格発表の日に、この世を去ってしまう。

「おめでとう麻理子……本当によかったね……」

合格通知を持って病院に駆けつけた麻理子に掛けたこの言葉を最後に、楓は永遠の眠りに就いた。

もう長くはないと聞いていたので覚悟はしていたが、悲しくない訳がない。だが同時に快活で美人だった楓が抗癌剤の副作用で変わり果て、末期の癌による激しい痛みに苦しんでいる姿は麻理子から見ても痛々しく辛かった。

《もう苦しい思いをしないでいいんだ》

麻理子は自分にそう言い聞かせ、最愛の叔母を亡くした現実を受け入れようと努力した。

四十九日を迎えた日、楓の遺品を預かっていた母方の祖父母宅にて形見分けが行われた。

香澄と祖父母は麻理子に最初に選ぶ権利を与えてくれ、麻理子は楓が愛したビリーと様々な音楽を選んだ。

それ故にビリー・ジョエルのCDの何枚かは、麻理子が元々持っていた物と楓から譲り受けた物とが混在していた。麻理子にとってビリーの唄は楓との絆であった。そしてそれは麻理子に新たな絆を与える事になる。


「何聴いてるの?」

高校生活3日目の朝に、教室で1時限目の教科書を見ながらポータブルCDプレイヤーを聴いていた麻理子に、登校してきた遥子が尋ねる。

「ビリー・ジョエル」

「聞いた事ある! 名前だけだけど」

「聴いてみる?」

「ありがと」

遥子は麻理子からヘッドフォンを受け取り耳に当てた。この時、入っていたCDは『ピアノマン』。律儀な麻理子はPREVボタンを数回押して最初から聴かせてあげた。

♪流れ者の祈り《Travelin' Prayer》のイントロが流れだした途端に遥子の表情に変化が現れた。

麻理子は一瞬、気に入らなかったのかなと思ったが、

「これ……いい！」

人並みにならポピュラー音楽を耳にしていたが、今迄聴いた事のない軽快なノリとサウンドを遥子は新鮮に感じた。

「ホントに？」

「うん！」

「よかった」

麻理子の顔も綻ぶ。暫し試聴に集中しリズムに乗る遥子。そしてピアノからヴァイオリンのソロに入る辺りで、

「ねぇ、今日の帰りにCD屋さんに付き合って！」

「え？」

「これと同じ物を買いたいの」

これには麻理子も驚いた。

麻理子の音楽的な趣味は同世代から見たら当時の流行とは程遠いものであったので、中学時代には同級生から「変わったヤツ」と思われていた。だが遥子は、このロック・クラシックを本気で気に入った様だ。

「貸してもいいよ」

「ううん。帰りにヨロシクね！」

その日、麻理子と遥子に共通の趣味が出来た事によって二人の仲は、より一層深まる事になる。

放課後、地元のCDショップに行き、何種類かあるビリー・ジョエルのCDの中から麻理子が『ピアノマン』を抜き取って遥子に渡した。その時、遥子は何かもう1枚、お薦めは無いかと聞いてきた。麻理子は少し考えて、やはり自分のお気に入りである『ニューヨーク52番街』を選んで渡した。

翌朝、登校してきた遥子はまるで宝物を貰ったかの様に麻理子に感謝し、麻理子もまた、同じ感動を遥子と共有出来る事を喜んだ。

そして、その翌年にビリー・ジョエルの来日公演が決定。チケット取得の方法に疎かった麻理子の代わりに遥子が、ぴあで武道館のチケットを購入。二人にとって初めての、また麻理子にとっては念願だったビリーのコンサート。

当日、麻理子は楓の写真を持って武道館に赴き、親友の遥子と、そして掛け替えのない存在だった楓の魂と共に初めてのコンサートを存分に楽しんだ。

アンコールの♪ピアノマンで麻理子は遂に感極まって泣きだしてしまい、まともにステージを観る事が出来なくなり、また楓の存在を聞いて知っていた遥子も麻理子の肩を抱きながら同じ様に涙を流した。

事情を知らない周りの大人達は二人の嗚咽に驚いていたが、気持ちを察したのか、中には貰い泣きをする女性もいた。

だがコンサート終了後に麻理子がアッケラカンとした表情で、

「ねえ、お腹空かない？」

と言ってきた時には流石に遥子もズッコケた。

「麻理子はホント、どんな時でも食欲だけは絶対に無くならないよね」

昨年の武道館の後に立ち寄った新宿駅近くのイタリアンの店で、当時の事、そして幾つかの思い出話、更には初めて出逢った時の事に触れながら遥子に笑われた事を思い出した。

楓と麻理子。麻理子と遥子。それぞれがビリーによって絆が深まったと言っても過言ではない。

そして今、矢沢永吉の唄が麻理子に新たな絆を与えてくれそうな予感を麻理子は感じていた。

麻理子は2枚の『52番街』を棚に仕舞ってデスクに戻った。

《楓叔母さんが永ちゃんを聴いたらどんな感想を持っただろう？》

机の引き出しから、あの日、武道館に一緒に行った楓の写真立てを出して目の前に置く。

天国の楓にも聴かせたいと思ったのか、麻理子は少しだけコンポのヴォリュームを上げた。


——それから約8か月後——

汐崎裕司は自宅の布団の中で悶々としていた。

時は2004年9月3日。『YAZAWA Classic II』の東京公演初日。敏広から賢治、遥子、麻理子と飲みに行くというメールが届くと、言いようの無い嫉妬心の様なものが込み上げてきたのだ。

「やっぱり行けば良かった……」

人伝てで、この日のチケットが1枚余っていると聞いていたのだが、最終日の5日のチケットを自分で確保していたので、それを断った。だが、後に麻理子が今回初日のみの参戦と聞いて、裕司は死ぬ程後悔した。

昨年の武道館で麻理子に出逢って以来、裕司は片時も麻理子の事を忘れた事はなかった。一目惚れであった。

今年に入って麻理子が新年会にも参加すると聞いた時は、また逢えると心が躍ったものの、浮かれ過ぎたのか前日に風邪をひいてダウン。

元はと言えば自分の体調管理の甘さが原因なのだが、この時程、自身の運の無さを嘆いた事はなかった。

その約4か月後、『情事』こと奈穂子から敏広達と一緒に呼び出され、眞由美の店でホストという役目で飲み会の使いっ走りをさせられた事があったのだが、この時、麻理子と思わぬ再会が出来た時は本当に嬉しく思い、機会を作ってくれた奈穂子に心底感謝した。またこの時、意外な事に麻理子には自分と共通点が多いという事も知った。好きな音楽は古い洋楽で特にビリー・ジョエルがお気に入りというところ。しかも二人共それが親類の影響だという点。

それから、お互い絶叫マシン等、遊園地が大好きだという事等。

お陰であの日は話題に乏しい自分でも、麻理子と楽しく会話する事が出来た。尤もそれは一緒に居た遥子が色々と自分に配慮してくれたお陰なのだが。

日に日に想いが募っていくが、自分ではどうする事も出来ない。こんな時に、幼馴染の敏広の様に無節操な程に女の子に積極的になれたらと強く思うのであった。

そして、先程敏広から送られてきたメールには写メが添付されていた。そこにはネイビーブルーの艶やかなドレスを着た麻理子の姿が。

そういえば麻理子はドレスのコレクションが趣味で、3か月前に毎年恒例である眞由美のバースデー・パーティーが開かれた際にもディープ・グリーンのドレスを着て来場し主役の眞由美や参加者皆から持て囃されていた。

思い出した途端に、裕司の悶々は収まるどころか益々膨れ上がってしまった。

「あぁ〜〜〜っもう!!」

裕司は自身に起こった若い男特有の生理現象に嫌悪した。今年に入ってから毎晩こんな調子である。それに今日は画像というオマケに煽られた様だ。

裕司は若さ故の欲望には勝てず、今夜も麻理子に対して罪悪感を抱きながらせっせと自分で処理をし始めた。

「私も今日はビール飲もうかな」

「あら、珍しいじゃない」

有楽町駅近くのビアホールにて、麻理子の意外な言葉に遥子が少し驚く。

「だって、永ちゃんも美味しいビール飲んで帰ってって言ってたし」

年明けの頃までは矢沢さんと呼んでいたのに、いつの間にか麻理子もすっかり永ちゃんに馴染んでいた。

「カンパーイ！」

互いにジョッキを合わせると、麻理子は半分位まで一気に飲んでしまった。

「おぉ〜！　麻理子ちゃん、いい飲みっぷりだねぇ！」と敏広。

「ちょっと大丈夫⁉」と遥子が本気で心配そうに尋ねる。

「うん！　美味しい‼」

「麻理子も世の中の苦味が判る様になったのねぇ」

「何よそれ！」

憮然とする麻理子に敏広達が笑う。

テーブルに料理が運ばれてくると、４人の会話は今日のコンサートの感想から始まり、麻理子の御替わり3杯目のジョッキがテーブルに置かれる頃には、お互いが出逢った頃の話に移行していた。中でも麻理子が興味あったのは、遥子と敏広の出逢いであった。

麻理子の知る限り、遥子が敏広の様な軽い雰囲気の男と仲良くなるとは思えなかったからだ。

「遥子と敏広君達って何処で知り合ったの？」

「えぇ〜と……神楽坂のロック・バーだったっけ？」と敏広。

「それもあるけど初めは下北沢よ」

「あぁ〜H・Pだったな！　懐かしい!!」と賢治。

遥子は大学1年の頃から2年間、下北沢にある『ヘヴンズ・プリズナー』というライヴ・ハウスでアルバイトをしていた。そこに敏広と賢治のバンドが何度か出演していたのだった。

「えっ！　バンドやってたの？」と麻理子。

「うん。一応、現在進行形だけど」

「あら、まだ活動してたの？」と遥子。

「まぁ休止中だけどね。でも解散はしてないよ」

「凄ーい！」

麻理子はこういう話題には反応が良い。

「結構、上手なのよ」

「そうなんだぁ！　バンド名は？」

「ＹＡＳＨＩＭＡ」

「ヤシマ？」

「永ちゃんが昔、ヤマトってバンド組んでたんだけど、それを参考にしたんだよね」

「あぁ！」

麻理子はこの頃、既に『成りあがり』を読み終えていた。

「それぞれのパートは？」

麻理子の興味は完全にバンドに向いてしまった様だ。

「賢治がギターで俺がベース・ヴォーカル」

「それじゃ裕司君がドラム？」

「いや、元々は、あいつがヴォーカルだったんだよ」と賢治。

「えっ？　そうなの？」

これには遥子が驚きの声を上げた。そして話は３人の出逢いにまで及んだ。

松岡敏広と汐崎裕司は、小学校からの腐れ縁であった。

１年生の時に地元、溝の口の少年サッカー・チームで知り合い、家も近所だった為に早く打ち解けて、以来ずっと行動を共にしていた。中学生になると裕司は当然の様にサッカー部に入るつもりでいたが、運動部特有の上下関係を嫌った敏広に、

「裕司、バンドやろうぜ！」

と言われ、半ば強引に帰宅部に引き摺り込まれてしまった。

敏広の自宅には、父と歳の離れた兄が昔使っていた古いエレキ・ギターが2本（グレコとバーニー）あり、そのうちの一本を貸して貰う事になり、これが二人の音楽活動の始まりであった。

だが二人のバンド結成は難航した。

先ず敏広の当初の計画では自分がギター・ヴォーカルで裕司がリード・ギターという構想だったのだが、器用な敏広は日に日にギターが上達するも、反対に裕司は全くと言っていい程上達しなかったのだ。ならばベースかドラムをやらせてみようと思ったが、そのどちらも敏広の家には無く周りにも心当たりが無いので試す事も出来ない。

音楽スタジオに行けば何とかなるが、中学生の小遣いではリース料を払うのは難しい。

挫折感を感じて辞めようと思っていた裕司に、敏広は試しにヴォーカルをやらせてみた。

するとこれが大当たり。

実は裕司は訳あって歌にはちょっと自信があったのだが、敏広がヴォーカルをやりたがっている手前、遠慮して黙っていたのだ。だが裕司の歌に感心した敏広はヴォーカルを裕司に譲り、自分はギターに専念する事にした。

続いて他のパートのメンバー探しだが、これが大問題であった。先ず中学生のバンド人口は非常に少なく、居ても皆がギターをやりたがる為、人材が居ないのだ。高校生と組む事も考えたが中学生では全く相手にして貰えず、敏広達はバンド結成を断念。ヴォーカルとギターのユニットという事で活動を開始した。

時はアンプラグド・ブーム。

アメリカのチャートでもアコースティック系の曲がヒットしていた事もあり、エリック・クラプトンの♪Tears In Heaven、エクストリームの♪More Than Words、Mr. ＢＩＧの♪To Be With You 等をレパートリーに、文化祭で披露するとこれが大ウケし、校内でも注目を集める生徒となり女子からもモテる様になった。

そして二人は、隣町にある偏差値並レヴェルの鷺沼平高校、通称サギ高へ進学。そこで矢野賢治と知り合う。

賢治はそのサギ高がある町出身で、父は普通のサラリーマンだが、母が自宅でピアノ教室を開いていた。賢治の母は特に息子にピアノを強要する様な事はせず、賢治が好奇心で自分からピアノを弾く、というより鳴らして遊んでいる時に、横でたまに教えてあげる程度であった。

だがこれが結果的に賢治の音楽的感覚を磨く事になる。因みに賢治の嫁の加奈子は、幼稚園の頃から母の生徒であった。

そして賢治は6歳の時にテレビで観たマイケル・シェンカーとエドワード・ヴァン・ヘイレンに憧れギターを始め、以来、様々なギタリストやロックのＣＤを聴きながら練習に明け暮れ、中学時代には、大人も感心する腕前にまで達していた。

その後、高校で同じクラスになった敏広と音楽的な趣味で意気投合。

当時のロック・シーンはグランジ全盛であったが、80年代のロックを聴いて育った賢治達はそれに馴染めず、校内でもマイノリティーであったが、当人達はそれが幸いし理想のメンバーと出逢う事が出来た。

初めは賢治と敏広のツイン・リードの予定であったが、やはり高校でもベースとドラムが見付からず、また賢治の実力に脱帽した敏広がベース転向を決意。ギターの基礎がしっかりしていたので敏広のベースは瞬く間に形になっていった。

ただ問題はドラムであった。

一人、自分がやりたいと売り込んでくるクラスメイトが居たがこれが全く使い物にならないヘタクソで、しかし何とかバンドを形にしたいと焦っていた敏広達はやむなく、そのドラムの加入を許可。

こうして敏広達の最初のバンドが結成された。

最初のバンド名は『Mr.ゴーン』。

当時、敏広達が好んで聴いていたMr. ＢＩＧの曲から取った物で、この頃のMr.ゴーンのレパートリーは洋楽ばかりであった。周りの先輩、同輩バンドがグランジやパンク、或いはビジュアル系を目指す中、Mr.ゴーンは70～80年代のロックを中心にコピーしていたので、この頃の敏広達は邦楽には感心が無く、当然ながら矢沢永吉にも全く興味が無かった。

そう、あの日あの時までは。

Mr.ゴーンの練習場所は賢治の自宅にある元々は物置だったブロック塀の小屋を自分達で改築してスタジオ代わりに利用し、テスト期間以外はほぼ毎日練習に明け暮れた。そして練習が終わると週2、3回は賢治の部屋でミーティング。ミーティングと言っても、その中身はいろんなバンドの音源やライヴ映像の鑑賞会で、時に健康な男子故にアダルトビデオの鑑賞会になる事もしばしばであった。

そして1994年11月26日。

賢治の部屋でコーラとデリバリーのピザを食しながら、

「今日、矢沢永吉のライヴが生中継だってさ」

テレビ雑誌を見ていた敏広が口にする。

「へぇ〜」

大して興味を示さない他の3人。尤も敏広も、ただ言ってみただけであった。

「何チャンで?」と賢治。

「WOWOW」

この時点で特に観たい映像は賢治の部屋には無かった。

ライヴビデオはいずれも3回以上は観ているしAVも新しいネタが無いので、賢治はBGM代わりと思いテレビを点けＷＯＷＯＷにチャンネルを切り替えた。丁度これから始まる様である。

「まぁ、一度位は観ておいてもいいかもな」と敏広。

この頃の敏広達が矢沢永吉と聞いて連想するのは、名前だけはよく聞くが缶コーヒーのＣＭと、つまらなそうなドラマに出ているオッサンという印象が正直なところであった。

ホストの様なスーツ姿の男達に護衛される様な形で、矢沢永吉がステージに現れる。ここで敏広達は噴き出した。

「まるでヤクザだな」

賢治の一言に皆、同意見であった。

「こりゃ違う意味で楽しめるかもな」

この時は、敏広達は珍獣でも見て嘲笑してやろうという気分になっていた。

だが、その珍獣と思っていた矢沢永吉が白いマイクスタンドを手に取り歌いだすと、途端に敏広、賢治、裕司、３人の顔色が変わった。

ピザやグラスを持つ手が止まり、目、耳、そして全神経がテレビへ向いてしまう。

３人共、高校生のアマチュアだが、一応は真剣に音楽に取り組んでいるミュージシャンの端くれ。音への感性は、人一倍確かな物を持ち合わせているという自負もある。

敏広達は、初めて目の当たりにするＹＡＺＡＷＡのパフォーマンスに一瞬にして引き込まれてしまい、次第にその表情、一挙手一投足にも魅了されていった。

「なぁ……俺、今、矢沢永吉が凄ぇカッコよく見えるんだけど……」

敏広が素直な感想を呟く。

「実は俺も……」

「俺もそう……」

賢治、裕司も同意する。

「凄ぇ……マジ凄ぇよこの人！」

「日本にも居たんだな。こんな凄いアーティスト！」

「この人マジで世界レヴェル……いやトップ・クラスだよ！」

また同時に、外国人によるバック・バンドの演奏力のレヴェルの高さにも改めて気が付く。

そして、それが矢沢永吉の凄さを再確認させているという事にも。

これが並の歌手だったら、歌はおろか存在さえもバックに飲み込まれ、どっちが主役か判らなくなってしまっていただろう。

だが矢沢永吉の存在感は、この重厚なサウンドに全く引けを取らず、それどころかYAZAWAの方がバックさえも喰ってしまうのではないかと思わせる様な、スリリングでエキサイティングなオーラをこれでもかという程に見せ付けていた。

正に世界トップ・クラスのライヴ・パフォーマンス。

真の実力が無ければ、こんな芸当は出来ないと敏広達は数多くのライヴ映像を観て学んでいた。

♪紅い爪が演奏される頃になると、3人は正座をして観る様になった。初めの嘲笑してやろうというナメた態度の反省の表れである。

だがそんな中、一人だけこの場に馴染んでいないのが例のドラムであった。

「なぁ、まだ観るのこれ？」

3人は返事をしない。

「そろそろチャンネル変えない？」

「うるせぇよ」

「何が面白いんだよこんなの」

3人の視線がドラムの方に向かう。

「お前、これ観て何とも思わないの？」

「何が？」

「いや、だからさ、このライヴ観て何も感じないワケ？」

「……別にぃ」

「お前マジで、この凄さが判らないの？」

「ただのオッサンじゃん！」

敏広達は互いの顔を見合わせる。考えている事は同じであった。感じ方は人それぞれだが、少なくともこのドラムが音楽的審美眼を持ち合わせていないという事を今更ながら確信した。だからこいつは、全くと言っていい程上達しないのだ。

そして3人はドラムの方を見て一斉に口を開いた。

「お前クビッ!!」

WOWOWの生中継でYAZAWAの洗礼を受けた3人は、翌日になると音源収集の為に地元のCDショップに行ってみた。

だが、そこには矢沢永吉のCDが殆ど置いてなく、仕方がないので渋谷まで出てあらゆるCDショップをハシゴして廻り、有り金叩いてCDを買い捲った。しかし高校生であるが故に軍資金が少なく、全作品を買うのは不可能。

そこで3人がそれぞれ違うCDを買う事によって出来るだけ多くの作品を手に入れ、カセットテープにダビングし合ってコレクションを増やしていき、その後、『成りあがり』という本の存在を知り、当然これも購入し読破。

また、年が明けた頃には赤坂にダイヤモンド・ムーンという矢沢永吉のオフィシャル・ショップがある事も知ったのだが、この頃の3人にはまだDMにまで足を運ぶ度胸は無かった。

やがてバンドの新たなレパートリーは全てYAZAWA一色となり、それを機にバンド名も永ちゃんがキャロル結成前に組んでいたバンド『ヤマト』を真似て『YASHIMA』に変更。

因みにバンド名の意味はヤマト（大和）と同じ日本を意味するヤシマ（八島・八洲）であるのと同時に、メンバーの名字の頭文字（矢野、汐崎、松岡）を組み合わせた物である。

「やっぱでも、一度は生で観てみたいよな」

「そうだよなぁ」

「でも永ちゃんのコンサートだろ？」

「う～ん……」

３人も矢沢永吉のコンサートが、ある意味特殊である事は何となく知っていた。

「だけど族ばかりって訳じゃないだろ」

「でもなぁ……」

新規のファンが自らその特殊な場に赴くには、かなりの踏ん切りを要する。

そんなある日、新聞に矢沢永吉の横浜スタジアムでのコンサートの告知広告が掲載されているのを裕司が発見。

「浜スタならそんな遠くない」

「行くか！」

「行こうぜ！」

「当たって砕けろだ！」

盛り上がった３人は掲載されている手続きに従い代金を振り込んで、チケットを確保。

そして１９９５年９月９日。

遂に生ＹＡＺＡＷＡを体験する事になる。

だがＪＲ関内駅を降りてから、正確にはそこに至るまでの京浜東北線の車中から、敏広達は後悔し始めていた。周りにいる独特の雰囲気を醸し出しているリーゼントの集団に完全にブルってしまっていたのだ。

いわゆるＹＡＺＡＷＡモードの人、人、人。

敏広達は自分達がここに居てはいけないんじゃないかという、妙な強迫観念に駆られて居た堪れない気分になっていた。

「……やっぱり帰ろう」

「そ、その方がいいかもな」

完璧にローなテンションの敏広と賢治。

「何、言ってんだよ！　ここまで来といて！」

「お、おい、大声出すなって」

二人が小声で裕司を制止する。

「高い金出してチケット買ったんだ！　俺は行くぞ！」

そう言う裕司も内心はビビッていた。

だが、こういう場面で一番思い切りのいい行動が出来るのも裕司であった。早歩きでスタジアムに向かう裕司に、釣られる様に付いていく二人。入り口ゲートを探しているとグッズ売り場のテントを見付けたので、念願のＹＡＺＡＷＡタオルを買う為、列に並ぶ。

値段を見て正直五千円は高いと感じたし、高校生にとっては痛い出費であったが、それでもＥ・ＹＡＺＡＷＡのロゴが入ったタオルと一緒にゴールドとシルバーのロゴが入ったまっさらな黒い袋を渡されると、遂に手に入れたという喜びの方が大きくなり気分が高まった。

因みに、この時、このＹＡＺＡＷＡタオルがバス・タオルでは無く正式名称が『スペシャル・ビーチ・タオル』略してＳ・Ｂ・Ｔだという事を知る。

「やったな！」

「これが永ちゃんのタオルだ！」

３人は今すぐ封を開けて、肩に掛けたい衝動に駆られた。だが目立つ様な事をして怖い思いをしたくないと自己防衛本能が働いて、そそくさと袋に未開封のタオルを入れて、小さくなりながらその場を立ち去った。

そんな３人に気付いた幾人かのＹＡＺＡＷＡファンは彼等を微笑ましく思っていたのだが、今の３人にはその視線すら恐怖心を煽る物でしかなかった。

残暑厳しい、よく晴れた日だった。

午後６時を廻っても空は青く、ギラつく様な日差しがスタジアム内に降り注ぐ。

すり鉢状になった会場内を、３塁側スタンドの中間辺りから見渡す敏広達。

３人共コンサートは初めてでは無いが、野外の、しかもスタジアムクラスのライヴはこれが初体験。３人はまるで自分達がこれからライヴを演るかの様な緊張感に震えていた。

だがその震えは何処か心地好く、気分が高まっていくもので、早くライヴが始まって欲しいというワクワク感と、いつまでもこの緊張感を味わっていたいという相反する感情が入り混じり、例えようの無い高揚感に胸が躍るのであった。

続々とアリーナ、スタンドに入ってくるＹＡＺＡＷＡファン。それに伴い喧騒も次第に大きくなっていき、またそれが会場内の熱気を徐々に徐々にと押し上げていく様にも感じる。

だがその一方で一抹の不安があった。

よりによって、３人の前後左右の席だけが丸々空いているのだ。それが何を意味しているのか、敏広達も充分理解していた。気が付けば白スーツを着たリーゼントの怖そうなお兄さん方に囲まれてしまい、さっきの心地好い震えが一転して、恐怖に怯えるそれに変わる。

３人は極力、気配を消そうと体を縮こまらせ呼吸も出来る限り抑えようとした。

そんな時、

「おう、君等、高校生か?」

敏広の左隣の席の白スーツのお兄さんが声を掛けてきた。

「あ、は、はい」

ビクッとしながらも返事をする敏広達。

「俺達も君等位の頃に永ちゃんファンになったんだよ」

何だか口調も表情も優しい。

「永ちゃんのコンサートは初めてか？」

「あ、はい」

「嬉しいネェ！　お前等の様な若い世代も、永ちゃんの良さが判ってくれてよぉ」

「昔を思い出すぜ」

「よく来たな。今日は盛り上がろうぜ！」

「よ、ヨロシクお願いします」

緊張感は拭い切れなかったが友好的な態度で接してくれる、そのお兄さん方のお陰で少し気分が楽になった。

それから反対側や前後のグループのお兄さん方も気さくに声を掛けてきてくれて、今となっては会話の中身は忘れてしまったが、初めの恐怖心が嘘の様に消え落ち着く事が出来た。

やがて日が傾き、スタジアムの照明が灯る。

燃えるサンセットも西の彼方へ沈み火照った街を浜風が冷ます中、スタジアム内だけはマグマの様に沸き上がり爆発するのを今か今かと待ち侘びていた。

ドラマティックなイントロダクションに乗りながら、大地を揺さぶる様な永ちゃんコールがリズムを刻む。クレイジーなギター・ソロとブルースハープが奏でる旋律がうねりを上げて風を切る。上手側から沢山の護衛に囲まれステージ前を横切っていく幾台ものリムジン。中央で停まったリムジンの後部座席から、黒いスーツを着た男達が足早に出てきては反対側に廻り込む。ドアが開くと、その男達に誘導されながらショッキング・ピンクのスーツを着た一人の男がゆっくりと階段を上っていった。

日本のロック界のカリスマ、矢沢永吉の登場である。

火山の噴火の様な、ダイナマイトの爆風の様な歓声が天高くにまで突き抜ける。

「カッコいい!!」

思わず自然に口に出た言葉であった。

敏広達3人は体中の血液が沸き上がる様な感覚に身震いした。昨年テレビで観た時には失笑したのと同じ様な光景も今は完全に見入ってしまう。

永ちゃんがマイクスタンドを握り♪切り札を探せ、を歌いだした時になってようやく3人はリズムに乗る事が出来た。

それまでは周りの雰囲気に圧倒されっぱなしで呆然と眺めている他に為す術が無かったのだが、この時やっと、この場、この空間と同化する事が出来た様な気がした。

「I～Get～Ready～！」

サビのコーラスでは一緒に歌い、間奏に入ると初めて永ちゃんコールをやる事も出来た。

また♪EBB TIDEや♪ゴールド・ラッシュでは着席して静かに聴き入るYAZAWAファンの姿にちょっと驚き　♪Rolling Nightではもう完全にブッ飛んでしまい　♪ファンキー・モンキー・ベイビーでは周りでツイストを踊るお兄さん方の真似をして一緒に踊り、初めの頃の恐怖感などもう忘れグレイトなYAZAWAのパフォーマンスを思い切り楽しんだ。

♪青空で本編が終わり、

「どうだ？　高校生！」

「はい！　最高です!!」

「だよな！」

「まだまだ終わらねぇぞ！」

「はい!!」

一緒になって永ちゃんコールを歌う3人。

アンコールの♪GET UPで再び弾け、いよいよトラバスでは初めてのタオル投げを体験。

だが実際にやってみると見ているのとはえらい違いで上手く投げる事が出来ない。

裕司が投げあぐねていると後ろのお兄さんが、

「少し丸めるんだ！　いい感じで投げられるぞ！」

言われた通りやってみる。するとタオルは真っ直ぐ上に上がり良い感じで広がって自分の手元に落ちてきた。

「そうだ！　上手いぞ‼」

「あ、ありがとうございます‼」

敏広と賢治も真似して同じ様にタオルを投げる。

ただ単に、タオルを投げるという行為がこんなにも楽しいものなのか。何よりスタジアム全体に華麗に舞う無数のタオル、その一部分を担っているという事実を何だか誇らしく感じた。


満足度100％。いや、それ以上であった。

初めてYAZAWAのステージを観る者全てがそうである様に、予想外、想定外とでも言おうか、完全に常識の範囲を超えているであろうこの空間に度肝を抜かれる思いで、敏広達3人は心地好い疲労感と満足感に浸りつつ、まだまだこの時間が続いて欲しいとも願った。

そして、

「今日、横浜、最高だよ。もう一発行こう！」

三度《みたび》、ステージに現れ♪ルイジアンナを歌う永ちゃんに、この日3人は完璧にブチ殺されてしまうのであった。

「あの……今日は本当にありがとうございました！」

「礼なら永ちゃんに言えって」

「いや！　でも今日は皆さんのお陰で楽しむ事が出来たっていうか……」

「確かにお前等、凄い楽しんでたなぁ！」と笑われる。

恥ずかしそうに沈黙する3人に更に笑いが起こる。そのままスタンドから一緒に通路に出る。

「ところでお前等、どっから来たんだ？」

「溝の口です。皆さんは？」

「岡山」

「俺達は熊本」

「俺達は福井」

「こっちは札幌」

「ええっ!?」

今では全く驚かないが、この頃の敏広達には、地方から関東方面のコンサートに参戦、或いはその逆などは考えられない事であった。

「それじゃ、これから地元までお帰りですか？」

「まさか！　泊りだよ泊り」

「これから打ち上げに行くからよ」

「ある意味こっちの方が本番だよな」と笑う。

その時、

「おいボウヤどうした？」

一人の男の子が通路で泣いているのに気付くお兄さん方。どうやら迷子の様だ。

「○○ちゃんのお父さんお母さーん！」

「○○ちゃんのパパママ何処だぁーっ⁉」

迷子の手を取り親御さんを探しだす白スーツのお兄さん方。すると足早にこちらに向かってくる見た目、普通の男女が一組。

「すみません！　すみません！」

「おぉ～いたいた！」

周りから安堵の吐息と僅かな拍手が起こる。母親が駆け寄ると安心したのか大泣きしてしまう男の子。

「駄目だよ子供から目を離したら！」

「ハイ済みません！」

「よかったなぁ～ボウヤ！」

その厳しくも優しい振る舞いに敏広達は横で感動していた。

その後、スタジアム外、横浜公園に出たところで、

「お前達は関内か？」

「あ、はい」

「俺達はこっちだ」

と中華街、別のグループは伊勢崎町の方を指す。

「あ、それじゃ今日はお世話になりました」

改めて礼を言う３人。

「じゃあな高校生」

「気をつけて帰れよ」

「また何処かで会おうぜ」

「いつか一緒に最高に美味いビール飲もう」

「これからもＹＡＺＡＷＡ魂を忘れるなよ」

『ＹＡＺＡＷＡ魂』、正直よく意味は判らないがこの言葉に敏広達３人はググッと来た。

颯爽とその場から去っていく白スーツ姿のＹＡＺＡＷＡファン達。

「カッコいい〜い♥」

その背中を敏広達は、まるで女子高生の様な眼差しで見詰めため息を吐いた。


翌日の日曜日。

この日、本当は完全オフの予定だったのだが、前日の興奮が冷めず気合入り捲りの3人は、朝8時から賢治宅の物置でバンド練習に明け暮れた。9月とはいえ日中はまだまだ暑く、物置内は蒸し風呂状態で大型の扇風機を3台フル稼働しても汗がダラダラ出てくる。だがそれでもこの日は、3人共全く集中力が途切れなかった。

文化祭まで2週間。

充分練習は積んだつもりだったが、昨日のYAZAWAのステージを観て、何か自分達に足りない物が判った様な気がした。それを確かめる様に、凄まじい集中力でゲネプロを重ねる3人。

気が付けば完全に日が暮れていた。

「やっぱりYAZAWA魂だな！」

「だな!!」

ただ単に『YAZAWA魂』と言いたいだけなのだが、昨日のエキサイティングな体験が今でも忘れられない3人は、その言葉を本能的に自分達の血、肉に取り込みたいと思ったのか、3人共クソ暑いにも拘らず、昨日買ったビーチタオルをずっと肩に掛けて練習していた。

ドアを開放したまま麦茶、スポーツドリンクで水分補給をする。秋の夜風が冷たく気持ちいい。

「やっぱり今日、練習しといて良かったな」

「明日から忙しくなるからな」

翌日から学校では文化祭の準備が本格的になり、敏広達の軽音楽部も当然ながら様々な雑用に追われる。

「まぁでもやれるだけの事はやった」

「後は運を天に任せよう」

軽音楽部にとって、文化祭は最高の見せ場である。特に3年生は、これを最後に引退するので当然下級生よりも思い入れは強い。だが悲しいかな、そのモチベーションが敏広達の様に練習に向かう軽音部員は極端に少ない。殆どが目立ちたい、モテたいという動機だけの部員であるから当然だが、敏広達の高校の軽音部も例外では無かった。


そして前夜祭の最中。

「お前等、マジでドラム無しでライヴ演《や》ろうってぇの？」

軽音部の部長が敏広達に声掛けしてきた。

「はい。そのつもりですけど」

「ドラムも居ねぇでライヴなんか出来るのかよ？」

殆ど難癖に近い事を言ってくる。因みにこの部長は自称カート・コバーンの生まれ変わりで、典型的な目立ちたいだけの男であった。しかし外見だけは磨くのを怠っていないので小綺麗な為、一部の女子には受けがよかった。

この男に限らず3年部員の殆どの練習は、好きなバンドのCDに合わせて適当に楽器をかき鳴らすだけという、とても練習とは言えない物で、敏広達はこの様なエセ・ミュージシャンと関わるのが嫌で軽音部の集いには殆ど顔を出さないでいたのだ。

幸いYASHIMAは学校以外に練習場所があったので、無意味な部活に出席しないで済んだのだが、部長達3年と他の2年部員は、放課後の部活動には出席しないが文化祭には出演するという敏広達が気に入らないのだ。

「ドラムマシンがあるから問題無いです」と敏広が答える。

昨年ドラムをクビにしてからYASHIMAは新たなメンバーは探さず、敏広の持っていたドラムマシンを第4のメンバーとしていた。

「マシンなんかじゃノリ出せネェだろうが」

部長の横に居る3年部員の一人が判った風な事を言い、周りがそれに頷く。

「でもリズムは正確ですよ」と賢治。

皮肉を込めて言ってやったが通じなかった様だ。

「まぁいいや。だけど明日は俺達3年の大事な見せ場だってぇのを忘れんなよ」

「大丈夫です」

「マシンなんかでショボい事やってシラけさせんじゃねぇぞ」

そう言って部長達3年と数人の2年部員は去っていく。敏広達は笑っていた。

「エセ公どもが。お前等こそ明日、ホエズラかくなよ」

シラけさせるつもりはないが、3年生の為に花道を用意する気など更々無かった。


文化祭当日。

体育館で8時からの開会式が終わると、生徒会と文化祭の実行委員、文科系部員は蜂の巣を突《つっ》いた様に忙しなく散らばって行く。

軽音楽部も例外では無く、10時から体育館のステージで始まる軽音部主催のライヴイベントの準備の為に1年生部員が慌しく行ったり来たりしている。一度、教室に戻って自分達の楽器を持って体育館に来た敏広達は1年前を思い出していた。

ライヴイベントの主役は、当然3年部員。トリは部長のバンドと昔から決まっており、前半は2年、後半は3年のバンド出演で、1年生は仮にどんなに上手くてもライヴには出させて貰えず文化祭中はずっと裏方で、敏広達も前年は例外なく、その役目であった。

戦争の様な忙しさ、また勝手が判らず捗らない段取り。

YASHIMAのメンバー3人は、1年生を手伝い始めた。

「す、すみません」

「いいっていいって。気持ち判る」

昨年の経験があるので手際良く事が運び予定よりも早く準備が進む。そんな頃に他の2年、3

年部員達が体育館に現れる。

「おう、お前等、似合ってるぞ」

「今日も一日そうやってろよ」

3年部員が敏広達に嫌味を言う。だが当の敏広達は全く聞く耳を持っておらず、1年生に的確な指示を出しつつ自分達も雑用をこなしていった。

例年なら定刻を押す事が殆どなのだが、この日は敏広達のお陰で開始10分前には全ての準備を整える事が出来た。

これに最も感謝したのは、当然ながら1年生達であった。

「あ、ありがとうございました!」

「来年は、お前達が次の1年にやってあげろよ」

「はい!」

「ケッ! いい先輩ぶりやがって」

坊主憎けりゃ袈裟まで憎いと言うが、3年の部員は敏広達が何をやっても気に入らない様だ。

だがそれに対しても敏広達は、まともに相手にしていなかった。

ある意味これもYAZAWA魂。

無自覚ではあったが、その魂は敏広達の普段の行動にまで現れる様になっていた。

10時になりイベントが始まる。

オープニングアクトは当時流行っていたビーイング系のコピーバンド。流行という事もあり客席には1、2年生の女子を中心に30人位が結構盛り上がっていた。

一《ひと》バンドの持ち時間は30分で、終了後は次のバンドの準備の為に、10分間のインターミッションが設けられている。出演バンドは計8組。前後半とトリ以外は抽選で決められYASHIMAの出番は4番目の前半最後で開始予定時間は12時丁度。

3人は体育館のフロアの一番後ろで1番手のバンドの不味い演奏を聴いていた。

「一瞬じゃない」

『成りあがり』にて、矢沢永吉の盟友、木原敏雄の言っていた言葉が3人の頭に浮かんでいた。

勿論それは自惚れでは無く、今迄の練習に裏打ちされた自信である。

下手だが無難に演奏を終えた1バンド目がステージから捌《は》け、2バンド目の準備が始まる。

2バンド目はパンクバンド。これが酷い物であった。どう見ても、ただムチャクチャにギターやベースをかき鳴らしデタラメにドラムを叩いて奇声を上げているだけなのだが、客席前方の一部の集団は盛り上がっているから不思議である。

3バンド目になるとヴォーカルが詩を覚えていないらしく、堂々とカンニングペーパー片手に歌っているのを見て、よくそんなのでステージに上がれるなと本気で呆れた。2曲目の途中で敏広達はステージサイドに移動して、自分達の出番の準備に掛かる。

「先輩、頑張ってくださいね！」

「おう！　ありがとよ」

殆ど面識が無い間柄なのに、開始前の敏広達の行為によって信頼関係が出来上がってしまった1年生とＹＡＳＨＩＭＡ。

「いよいよお前等か」

さっきまで客席後方で後輩の演奏など、そっちのけで女の子とイチャイチャしていた部長達が近づいてきた。

「折角盛り上がってるところに水を差すなよな」

「シラけさせたらシメるぞ、お前等」

「俺達の花道、汚すんじゃねえぞ」

大して盛り上がっている様に見えないのだが、どうしても嫌味を言わなければ気が済まないらしい。

それに対し敏広が、

「まぁまぁお手柔らかにお願いしますよ」と返答。顔が笑っている。

「……テメエ、ナメてんのかよっ!!」

部長がいきなりキレだし、敏広に殴り掛かろうとした。これには流石に他の3年部員も止めに入る。

部長はどんなに挑発しても無反応な敏広達が逆に自分を馬鹿にしている様に思えて、苛立ちを感じていたのだ。睨みつけてくる部長に対し敏広は嘲りにも似た眼差しを返す。

「おい何やってるんだ!!」

そこに軽音部の顧問が駆け寄る。

「折角の思い出の日を台無しにする気か、お前等！」

部長が舌打ちをしながらその場から立ち去り、他の3年生も続く。クサい台詞だが、一応この場は収めてくれた。

そして3バンド目の演奏が終わり、いよいよYASHIMAの出番となった。

「いよいよ俺達のデビューの時が来たな」

このメンバーで、人前で演奏するのはこの時が初めてであった。だが気負いは無く、3人共不思議な位に平常心であった。

「それじゃ行くか！」

3人は円陣を組んで右手を前に出し、『LIVE Anytime Woman』のビデオで観たオープニングを真似た。

「カモーン、カモーン」

「カモーン、カモーン」

「Come On, Come On !」

「Ｗｏｏｏｏｏｏｏｏｏｏｏｏ〜Ｏｈ!!」

初陣に向かうＹＡＳＨＩＭＡ。

「先輩！　いってらっしゃい!!」

ステージ裏に居る１年生が叫ぶ。

３人は親指を立ててステージへと向かった。


ステージ上で準備に掛かるＹＡＳＨＩＭＡのメンバー。

他のバンドと違い、ベースの敏広が上手側でギターの賢治が下手側。アンプとエフェクターのセッティングを手際良く終わらせ、敏広がフェンダーＵＳＡプレシジョンベース、賢治がヤマハ・パシフィカのジャックにシールドを接続し、最後のチューニングを合わせる。

上がり症な裕司がサングラスをかけマイクテストをしている最中、客席から声が聞こえてきた。

「ドラムが居ないよ。このバンド」

「えぇ〜？　マジぃ〜？」

「信じらんないんですけど〜」

「バンド名もヤシマだってぇ〜」

「何かダサーい」

そんな声の中、部長達3年がフロアの端でニヤけながら傍観している。実はこれ等は3年部員が自分達のオッカケに吹き込んだ物であった。このネガティヴ・キャンペーンが意外な程効果を発揮し、会場は何か滑稽な物でも始まる様な雰囲気になっていった。

だが所詮それ等は素人の戯言。3人は我関せず自分のやるべき事に集中していた。

チューニングが終わりドラムマシンの起動とプログラミングを確認した敏広が、賢治と裕司にアイコンタクトを送る。

同時に頷く二人。

「いよいよバンドもどきの演奏が始まるぞーっ！」

「お〜こりゃ楽しみだぁ〜！」

3年が野次を飛ばし、それにドッと笑いが起こる。無視してドラムマシンのPLAYボタンを押す敏広。4拍子のカウント音が鳴るとギターとベースが揃って高速タッピングを披露する。デイヴィッド・リー・ロス・バンド時代のスティーヴ・ヴァイとビリー・シーンを彷彿させる見事なオクターヴ・ユニゾン。

この一発で会場の嫌な空気は一瞬にして吹き飛んだ。

賢治と敏広の演奏力は今迄出てきたバンドとは雲泥の差で、約20秒の短いパートだが初っ端の掴みには充分だった。

Eの開放弦にハーモニクスのロングトーンで仕上げると、透かさず次の曲のカウントが始まる。

YASHIMAが初陣一発目に選んだ曲は♪レイニー・ウェイ。イントロをリピートで引っ張り裕司がマイクを握る。

「雨に~泣いてる~♪」

搾り出す様な裕司の歌声は、このワンフレーズだけでオーディエンスの耳を釘付けにした。明らかにレヴェルが違う。

歌の上手い下手は、素人にも楽器演奏よりその差がハッキリと判る。あまり派手な事が得意で無い裕司が歌う事に集中している中、敏広と賢治は弾きながらも要所要所で派手なアクションをキメる。

現時点ではフロアは全く盛り上がっていない。だがそれは皆が度肝を抜かれている為であった。

1曲目がエンディングを迎えると、再びドラムのカウントが入り軽快なシャッフル・ビートがリズムを刻む。

2曲目は♪YOU。

この頃になると、自然と曲に乗せて体を揺らすオーディエンスがチラホラと出てきた。同時に最初は4割程度しか埋まっていなかったフロアも、次第に人が増えていき、間奏の頃には椅子席は殆ど埋まり空きスペースには立ち見客が集まりだして、その数は益々増えていきそうな雰囲気であった。
ふと、敏広の視界にフロアに居る部長達が入る。その表情は明らかに困惑とでも言おうか狼狽とでも言おうか、さっきまでのニヤけ面は影も形も無くなり、情けない程に圧倒されているという様子が在《あ》り在りと出ていた。
《へっ！　今頃気付いても遅いんだよ！》
敏広は演奏しながらドヤ顔で部長達を見据えた。
《お前等と違って俺達は日々練習を重ねてきたんだ！　そして何より今の俺達には、YAZAWA魂が有るんだからよっ!!》
エンディングで裕司に合わせて、シャウトをハモらせる敏広。この敏広のアドリブに賢治と裕司は一瞬驚いたが、逆に敏広の気合を感じた二人は負けられないと、やる気を更に奮《ふる》い立たせ、この日YASHIMAはデビューとは思えない程の神懸《が》かり的なアンサンブルをぶちかました。

間髪入れずに3曲目♪〝カサノバ〟と囁いて、をスタート。
ここでは賢治がスティーヴ・ルカサーばりのギター・ソロを決めギター小僧の注目を集め、また予定調和では無い、互いが良い意味で競い合っている3人のパフォーマンスはスリリングでエキサイティングなエナジーを生み出し、その気合を、これでもかという位にオーディエンスに見せ付けていた。

4曲目は雰囲気を変えてTEN YEARS AGOヴァージョンの♪二人だけ。

クリーンサウンドに程好くディレイを掛けたギターと柔らかくトーンを抑えたベースラインが心地好く、また、さっきまでのシャウトと打って変わって甘い歌声で囁く様に歌う裕司。

だが声はよく通り、ヴィブラートもゆったりと力強い。これには生徒の保護者と思われる大人の女性達がウットリとしてしまっていた。

そして初陣ラストに持ってきた曲は♪黒く塗りつぶせ。

賢治のワイルドでブルージィなギター、敏広のブンブンと唸るベース、裕司の魂の叫びと思えるシャウトが爆発するとフロアは総立ちとなり、7割近くのオーディエンスが乗りに乗って盛り上がりだした。

完璧とも言える5曲の演奏を終え3人はステージ中央に並ぶ。割れんばかりの拍手に一部ではYASHIMAコールをしてくれる者まで居た。

正直ここまでウケるとは3人も予想していなかった。照れ臭いと同時に、例えようの無い興奮が湧き上がる。

「皆さん本当にありがとうございます！」

敏広が中央のマイクで叫ぶと、更に拍手が大きくなる。3人は手を繋ぎ、両手を高く上げゆっくりとお辞儀をした。また更に大きな拍手が贈られる。

「くぅ～っ！　快感!!」

敏広が思わず唸る。

客席に手を振りながら上手に捌けていく3人。そこでは裏方の1年生が拍手で出迎える。

「先輩！　凄いッスよ!!」

「マジで感動しました!!」

羨望の眼差しの1年生達。

「ありがとう！」

思えば敏広達は普段、学校では全く練習をしないので、1年生は勿論、2、3年の部員達もYASHIMAの演奏を耳にしたのは、この時が初めてであった。

「曲も凄くカッコいいし！　オリジナルですか!?」

無理もない。今日この会場に居た中で、矢沢永吉の曲を知っている者は皆無であろう。

「違う違う。永ちゃんだよ。矢沢永吉」

「えーっ！　矢沢永吉ってあんなカッコいい曲、歌ってるんですか!?」

控え室に戻ると次の出番の3年が居た。

「先輩、お先です！」

「どうやらシラけさせないで済んだ様で助かりました！」

さっきの仕返しとでもいう風に嫌味を言う敏広達。だが3年は無反応。しかしそれは何も言い返す事が出来ない為であった。

「それじゃ頑張って！」

「盛り上げてきてくださいね〜！」

更に嫌味を言って仕返しする敏広達の横で、表情こそ押し殺していたが1年生は普段威張ってばかりの3年に対して内心『ざまあみろ』と思っていた。

敏広達がステージサイドの控え室から体育館側面の外側通路に出ると、一人の男の教師が駆け寄ってきた。

「お前等、凄いじゃないかよ!!」

興奮しながら3人を絶賛する若い教師。

この先生は今年この学校に赴任してきた1年生担任の社会科の教員で、まともに会話をするのは、これが初めてである。

「あぁ、ありがとうございます！」

「まさか高校の文化祭で永ちゃん聴けるとは思わなかったよぉ〜！　しかもスゲェ上手いしさぁ！　いやぁ〜お前等ホント凄い!!」

「えっ!?　先生、永ちゃん聴くんですか？」

「大ファンだよぉ〜!!」

「マジっすか!?」

「こっちこそビックリだよ！　お前等の世代で矢沢を聴いてる奴が居るなんてさぁ！」

先生の名は加藤真一。この人が敏広達に出来た最初のYAZAWA仲間であった。

それから加藤先生と敏広達は学食で遅い昼食を食べながら矢沢談義に盛り上がった。

「でも何だってお前達、永ちゃん聴く様になったんだ？」

「去年のWOWOWです」

「おぉ～！　行きたかったんだけどなぁ～武道館!!」

「行けなかったンスか？」

「あぁ。初日のチケット取ったんだけどさぁ。色々と忙しくてなぁ」

「大変っすねぇ」

「そうだよ！　ホント教師は大変なんだ！　この前の浜スタも結局行けなかったからなぁ～」

「あぁ、浜スタなら俺達、行ってきましたよ！」

「何だとぉ!?　畜生～お前等、羨ましいぞ!!」

敏広の首を絞める加藤先生。

「せ、センセイ……マジで苦しい……」

敏広の苦悶の表情に賢治と裕司が笑う。

その後もこの日が初対面とは思えない程に盛り上がる4人。気が付けば2時間以上その場で話し込んでいた。するとそこに、

「おぉ！　いたいた！　探したぞ‼」

軽音部の顧問が慌てて駆け寄ってきた。

「どうしたんです？」

「お前等ちょっと来てくれ！」

賢治の腕を掴み、強引に引っ張る顧問。訳も判らず、とりあえず3人は従い加藤先生も付いてくる。

連れてこられたのは先程ライヴを演った体育館。何やら中が騒がしい。顧問がドアを開け中に入る。すると会場内はYASHIMAコールをする観衆で埋め尽くされていた。


「その話、本当〜？」

遥子が疑いの眼差しを向ける。

「いやいや本当だって！」

「いやこれはマジなんだ」

「賢治君が言うなら本当ね」

「何でそうなるんだよ！」

敏広の絶叫に、麻理子がクスクス笑う。

その時の顧問と裏方の1年生によれば、5番手のバンド演奏が始まると途端に半分以上の客が退場していき、残った客も、まともにステージを観ている者は殆ど居なくなり、仕舞いには容赦なくブーイングを浴びせる客まで現れ始め、それはもう痛々しい程に悲惨な光景であったらしい。

以降のバンドが出てもそれは変わらず、トリの部長のバンドが出てくると初めはフォロワーが拍手や歓声を贈っていたが、その後、会場に舞い戻ってきた客がそれ以上の罵声やブーイングを叫びだし、遂には演奏中であるにも拘らず大YASHIMAコールが湧き起こってしまい、部長のバンドはライヴを途中で投げ出してしまったのだった。

しかも軽音部のライヴ終了後は女子新体操部の演舞がプログラムされていたのだが、客が帰ろうとしないので、その準備が全く出来ないでいたのだ。その不満や苦情が新体操部や生徒会、実行委員会から顧問に寄せられ、

「お前達どうにかしてくれ！」

と泣き付いてきたのだった。

とりあえず控え室に向かう敏広達。中に入ると3年部員が力無く佇んでいた。椅子や床に座り込んで肩を落とし、中には泣いている者も居る。

これが現実。実力の差と言えばそれまでだが、この時ばかりは敏広達は3年部員に対してちょっと気の毒に思った。

「先輩、お帰りなさい！」

「アンコールの準備は出来てます！」

1年生の意外な言葉に驚く敏広達。ステージに目を向けるとYASHIMAの機材がセッティングされており、楽器を持っていけば直ぐにでも再演奏が可能であった。

敏広達は腹を括った。

「文化祭最高！　お前ら1年もマジ最高！　もう一発行こう！」

「オウ!!」

ステージに飛び出すYASHIMAの3人。

一気に歓声と拍手が湧き起こる。

喋るのが苦手な裕司に代わり敏広が、先ず自分達を待っていてくれた事に礼を言う。そしてこの後のプログラムの説明を話し皆に帰ってくれる様に願い出ると不満の声が上がったが、代わりにこれから1曲だけ披露すると告げると、再び割れんばかりの拍手が起こった。

ただ、ここで3人は何を演ろうか少し迷った。YAZAWAのレパートリーは今日、本番で演った曲以外では、まだ練習が足りない為に自信がない。

しかし既に披露した曲を演るのもどうかと思い、結局、過去に散々練習したハンブル・パイのオリジナル曲で、Mr. BIGもカヴァーした♪30 Days in the Hole をプレイ。

大いに盛り上がるも、またここでアンコールの大合唱が始まってしまい、本当にこれが最後という事で誰もが耳にした事のあるディープ・パープルの♪Smoke on the Water で締め、敏広達がステージを降りると、やっと観客も退場していった。

何とかその場を収める事には成功。

しかし押してしまった時間と、その後の女子新体操部の演舞は何故か閑古鳥が鳴いてしまい、軽音部、というよりYASHIMAの3人は卒業まで女子新体操部の部員達に、顔を合わせる度に怨み節を聞かされる事になってしまったのだった。


YASHIMAの大成功は、その後の文化祭の進行に大きな予定変更を招いてしまった。

2日目の日曜日、軽音楽部は2年生が音楽室で初日と同じプログラムでライヴ。3年生は後夜祭のメインステージに出演予定だったのだが、YASHIMA以外のバンドが全て当日欠席してしまい、顧問の判断で、この日の軽音部の活動は全て中止となる。

ただ生徒会と実行委員の協議により急遽YASHIMAの後夜祭出演が決まり、結論から言えば、こちらも大成功を収め、良くも悪くも、この年のサギ高文化祭はYASHIMA一色となった。

その後の軽音部は、3年引退と同時に敏広達を除いた2年が全員自主退部。反対に1年生の中途入部希望者が殺到。

2年生部員がYASHIMAだけになってしまった為、敏広が部長、賢治と裕司が副部長、後はやる気のある1年生部員で新たな軽音楽部が組織され、この日を境にサギ高軽音部は今迄のモテたいだけのエセ・ミュージシャンの集まりでは無く、本物志向のバンドを目指すという意識改革に成功。

これを機に敏広達も放課後の部活動に積極的に参加しだし、軽音部はサギ高内で最も活気有る部となった。

新体制となった軽音部の最初の活動は、翌年の3年生を送る会。

1年生の選抜2バンドを従えてトリはYASHIMAが♪GET UP、♪馬鹿もほどほどに、♪BITCH（message from E）の3曲で纏めた。

会終了後、敏広達が部室に居ると、突然前部長がやってきて敏広に握手を求めてきた。戸惑いながらも応じると部長は敏広の手を握り締めたまま泣きだし、「ありがとう」を連呼しだした。

やがて年度が変わり、元々の顧問が他校に移動。それに伴い加藤先生が軽音部顧問に就任し、新入生歓迎会の直後にはYASHIMAのパフォーマンスを観て感動した1年の入部希望者がこれまた殺到。

最盛期には部員80人を超える文化部としては異例の大所帯となり、また部活運営に消極的だった前顧問と違い加藤先生が各方面に働きかけてくれたお陰で、自治体主催のイベント等に積極的に参加し活動範囲が広がった事によって、サギ高軽音部、特にYASHIMAは川崎市内では、かなり名の知れたバンドとなった。

その知名度が最も発揮されたのが敏広達3人の最後の文化祭。

当日はYASHIMA目当ての客がドッと押し寄せ例年の倍以上の来場客で溢れ、あまりの人の多さに体育館が使用不能に陥る事態になり、急遽YASHIMAだけの特別プログラムが設けられた。初日、後夜祭の両日で校庭メインステージを使用してのライヴが催される事になり、さながらサギ高文化祭はYASHIMAスペシャル・ライヴと名を変えた方がいい位のイベントと化してしまった。

そこでもYASHIMAは両日共に抜群のパフォーマンスを披露。しかもオーディエンスの中にはYASHIMAの噂を聞いたバリバリなYAZAWAファンまで駆けつけ、高校の文化祭にしては異様な雰囲気になってしまったが、逆にそれが前年以上の盛り上がりを見せライヴ自体はこの年も大成功を収めた。

実は、このバリバリYAZAWAファンの中に奈穂子が居たのだった。両日参戦の奈穂子は、2日目のライヴ終了直後にメインステージ楽屋にまで訪れYASHIMAを絶賛。

「去年も観させて貰ったけど、アンタ達更にパワー・アップしてるね！　若いのにやるじゃん!!」

「あ、ありがとうございます！」

恐縮する3人。この頃の奈穂子は、まだ高校生だった敏広達から見ると何だか怖い人に思えた。

また、後になって判った事だが、前年のライヴの際にYASHIMAコールをやって盛り上げてくれた張本人が奈穂子であった。

「名刺渡しておくから、いつでも連絡頂戴。それじゃこれからも頑張って！」

まだそれほど普及していなかったインターネットを既に始めていたので、『情事』のハンドルネームが入った名刺を3人に渡して帰っていった。

これが敏広達が初めて貰った『YAZAWAな名刺』であった。

因みに零れ話で、YAZAWAファン以外のオーディエンスの中には、前年の1年部員の様にYASHIMAのレパートリーを3人のオリジナル曲だと勘違いしている者も意外に多く居た。

そして、いよいよプロを目指すのか、と周りが勝手に盛り上がっていると、敏広達は軽音部引退と同時にYASHIMAの解散を表明。これには加藤先生や後輩部員は勿論、サギ高の全生徒が驚愕した。

敏広は表向きには大学受験に専念する為と周りに言っていたのだが、本当の理由は裕司の父が急死した事が原因であった。

裕司が3年生の夏休み期間中に、溝の口の地元スーパーマーケットの店長を務めていた父が過労による心臓発作で急死。一家の大黒柱を失った事により裕司は大学進学を断念。就職活動を機にバンドを去る事を決意。

ただ裕司の母は充分な貯蓄があるので、学費と生活費位なら賄えると進学を勧めてくれたのだが、

「母親を一人家に置いて学生なんてやってられないって、アイツ断ったんだよ」

「一人息子だし、御袋さんに余計な負担を掛けたくなかったんだろうな」

現在はその母も他界し、両親が残してくれた家で一人暮らしだが、父の死後に体調を崩し、その4年後に亡くなるまで母の面倒を働きながら一生懸命見ていた裕司に、敏広、賢治、それに近所の人達も心底感心していた。

「優しいんだ……」

麻理子が呟く様に言う。

「優しさと真面目さで言ったら、裕司以上の奴を俺は見た事がない」

敏広の言葉に賢治も横で頷いている。

「それで俺達も、裕司の居ないYASHIMAなど続ける意味が無いと思って解散を決めたんだけど、『YASHIMAは俺の誇りなんだ。出来れば、お前達二人で続けて欲しい』って言うから大学で活動を再開したんだ」

「ヴォーカルだけは空けてね。アイツがいつ戻ってきてもいい様に」

麻理子は、ちょっと感動していた。

遥子も普段とは違う一面を知って3人を見直していた。

「YAZAWA魂が3人の友情を育んだのね」と遥子。

「そうそう！　その通り！」

皆が笑う。その時、

「お客様、そろそろラストオーダーの時間なんですが」

時計は11時を指していた。

「あ、もう結構です。お会計お願いします」

「畏まりました。ありがとうございます」

ホールスタッフがその場を去ると、敏広と賢治がテーブルの上を片付け始めた。

残ってしまった料理を無理して頬張る敏広に、空いた皿を丁寧に積み上げてジョッキを一纏めにする賢治。更にテーブルの上をオシボリで丁寧に拭き取る。

それを見て遥子が、

「相変わらずね」と笑う。

「礼儀でしょ」

「君達のそういうところ、好きよ」

「え、何々？　もっかい言って、もっかい！」

「いいから口より手を動かせ！」

賢治が敏広の頭をポカッと叩く。遥子と麻理子も笑いながら片付けを手伝う。

会計を済ませ外に出ると少し肌寒い。

「しかし麻理子ちゃん今日は沢山、飲んだねぇ〜!」

「ホントは酒豪なんじゃない?」

「えぇ〜? そんな事……」

「私も麻理子があんなに飲めるとは思わなかったわ」

中ジョッキ7杯と4人の中で一番多く飲んだ麻理子。だが顔がほんのりと赤らんでいる以外は普段と変わらない。

「それじゃ私達は帰るわ。君達は?」

「週末さぁ〜Rockin' your heart〜だからもう1杯、飲んでいくよ」と敏広。

「楽しんできてね」

と笑う遥子。麻理子も横で笑っている。とかくYAZAWAファン、特に男は普段の会話と永ちゃんの唄を絡めたがる。

「ところで電車は大丈夫?」と賢治。

「今日はタクシーで帰るわ」

「調布まで? 遠くない?」

「ううん。四谷まで」

遥子は普段は四谷の賃貸マンションに一人で住んでいる。

「麻理子ちゃんは？」

「麻理子は今日は私の部屋にお泊り」

「いいねぇ〜！　じゃあ2次会は遥子ちゃんの部屋で‼」

「いい訳ねぇだろ！」

賢治が敏広の襟首を掴む。

会話は尽きないが遥子と麻理子の二人は敏広が拾ってくれたタクシーに乗り込み有楽町を後にした。

「楽しかったぁ！　今日も誘ってくれてありがとう！」

タクシー内でも興奮冷めやらぬ麻理子。今日に限ってはアルコールの影響も多少は有るのかもしれない。

「今日みたいな永ちゃんもまた素敵でしょ？」

「うん！　最初から最後までずっと聴き惚れちゃった」

矢沢永吉は2002年に『VOICE』と題した全曲フル・オーケストラによるアレンジでのコンサートを開催。ゴージャスかつエレガントなサウンドとムーディでアダルトなYAZAWAの歌声によるそのパフォーマンスは、これまでの矢沢永吉のイメージとは一味違う魅力をファンに見せ付け大好評のまま幕を閉じ、今回2度目となるアコースティック・ライヴも大成功を収め現在、3度目を期待しているファンも数多い。

「それに打ち上げも凄く楽しかったし」

「あの二人の違う一面が見れたわね」

「裕司君も一緒だったら、もっと楽しかったかも」

おや？　と思う遥子。だが敢えて流した。

「そうだね」

「遥子も裕司君の歌は聴いた事ないの？」

「うん。カラオケでも彼が歌ってるところは観た事ない」

「そうなの？」

「だから歌は苦手なのかなって思ってたんだけどねぇ。ヴォーカルやってたなんて驚きだわ」


「お前やっぱり根はいい奴だよな」

「何だよ？　いきなり」

「さりげなく麻理子ちゃんに裕司を売り込んでたじゃんかよ」

「まぁ、あいつとは長い付き合いだからな」

「てっきり、いつもの様にお前が麻理子ちゃんをＧＥＴする気なのかと思ってたんだがな」

ニヤける賢治に、苦笑いの敏広。

「仲間の恋路を邪魔する程、俺だって最低じゃねぇよ」

「最低とは言わねぇが無節操だよな」

「うるせえよ」

「で？　何処で飲み直すよ？」

返事が無い。振り返ると敏広の姿が無く、いつの間にか数寄屋橋の交差点でＯＬ風の若い二人組みに声を掛けていた。いつもの事だが賢治は、その行動力に感心しつつ呆れてしまう。

「裕司も、あの半分でも積極性が有ればなぁ」

すると敏広が女性と談笑しながら賢治に向かって背中越しに親指を立てた。ナンパ成功の合図だ。それを見て不覚にもニンマリとしてしまう賢治。

《加奈子スマン！　これも男の付き合いだ!!》

賢治は心の中で妻の加奈子に詫びつつも、左手薬指の指輪を外し愛想笑いを浮かべながら敏広の方へと向かった。

「いやぁ～どうもどうも！」

因みにその後はただバーに飲みに行っただけで、不適切な関係までには至っていない事を賢治の名誉の為に付け加えておく。


「アンタかい？　束縛女って」

殆ど赤に近い茶髪のショートヘアの女が麻理子に対し見下す様な視線を向ける。その女は麻理子の最初の彼氏と腕を組んでいた。

「ふ〜ん。見るからに世間知らずのお嬢さんって感じねぇ」

信じられない位に冷たい表情。

「毎日の様に彼の部屋に押しかけるなんてアンタよっぽど暇なのねぇ。それとも欲求不満？」

女が一方的に喋る中、男は黙ったまま麻理子の方に顔を向けようとすらしなかった。

「処女を捧げたからって、それで男が自分の物になるとでも思ってるの？」

「よせよ」

やっと男が口を開いた。

「大体、身体を捧げただけで彼女面してる辺りが御笑い種よねぇ。彼はアンタの所有物じゃないんだよ」

「よせよ。もういい」

「いいじゃん。何かこういう、恋する自分に逆上せた頭の中お花畑の勘違い女、見てるとイライラしてくるのよね」

「もういい。行こう」

女を強引に引っ張り立ち去る元カレ。去り際にも女は麻理子に辛辣な言葉を浴びせ続けた。

「淋しいくらいなんだよ。淋しいからって死ぬ訳じゃないだろ」

今度は昨年、別れた小野寺泰昭が現れる。

「だけど俺は毎日毎日本当に忙しくて、それこそ死にそうな思いしてるんだよ」

窶《やつ》れた表情で訴えてくる。

「俺にとって今が正念場だから、もう少し待ってくれって何度も頼んでるじゃないか。なのに何でそれが判らないんだよ？」

苛立ちを隠そうとしない。

「悪いがもう御免だ。暇な男でも捜してくれ」

そう言い残し、泰昭は闇の中に消えていった。


目を覚まし体を起こす麻理子。

自分が今何処に居るのか一瞬判らなくなったが、遥子のマンションに泊った事を思い出し時計を見る。真夜中の2時。

「また同じ夢……」

正確には思い出したくもない過去の切ない記憶。9月に入ってから何故か毎晩の様に繰り返し観るシチュエーション。

未練は無い。むしろ先月までは忘れていた。だがこれが毎晩続くと何とも言えない虚しさを感じてしまう。

「私、淋しいのかな……」

ポツリと呟く。

隣のベッドでは、遥子が横になりながらその呟きを聞いていた。


「母さん、麻理子は出掛けたのか？」

翌9月4日の朝、山本家のダイニングにて、お茶に茶菓子を摘まみながら洗濯が終わるのを待っている香澄に、朝の挨拶も無しに質問する孝之。

「昨夜から帰ってきてませんよ」

視線はテレビに向けたままの香澄。

「何だと？」

機嫌が悪くなるがいつもの事である。

「全く嫁入り前の娘が外泊なんぞ」

「いいじゃありませんか外泊くらい。あの子ももう二十六ですよ」

「歳の問題ではない！　悪い虫でも付かないか心配じゃないのか⁉」

「悪い虫だなんて。いい加減、彼氏の一人や二人、居て貰わなきゃ困りますよ」

「そ、そんなもん一人居れば充分だっ！」

益々機嫌が悪くなる。香澄は昨年まで麻理子に彼氏が居た事を知っていたのだが、面倒なので孝之には黙っていた。

「ん？　何だこれは？」

孝之の視線が、棚の上に置いてあった郵便物に行く。

「ちょっとちょっと、それは麻理子宛に届いた物ですよ！」

無視して手に取る。封筒に印刷されている差出人の活字を見て、孝之は顔を顰めた。

「ヤザワクラブだと？」

それは、麻理子が申し込んだ矢沢永吉公式ファンクラブから昨日届いた封書であった。

「何だってこんな物が麻理子宛に届くんだ？」

「あぁ、最近よく聴いてるみたいですよ」

「何だとっ!!?」

ご近所にまで迷惑になりそうなデカい怒鳴り声。

「ちょっと、あんまり大声、出さないで下さいよっ」

「これが大声を出さずにいられるか！　何だってウチの麻理子が矢沢なんかを！」

「何を今更。あの子は楓の影響で、昔からロックとか聴いてたじゃありませんか」

「ビリーとか何とかいうヤツならまだいいんだ！　だが矢沢となると話は別だっ！」

「別にいいじゃありませんか。そんなのはあの子の自由ですよ」

「何を暢気な事を言ってるんだ！　知らんのか!?　矢沢永吉というのはな！　暴走族の親玉なん

だぞ!!」

傍で聞いたら爆笑物のボケ発言だが、言っている孝之は大真面目であった。

「何を馬鹿な事を……」と呆れ顔の香澄。

「本当に知らん様だな！　現に何年か前にも奴の集会が東京スタジアムで行われてだな！」

この孝之の言う集会が、2002年の矢沢永吉デビュー30周年記念コンサート『ONE MAN』である事は言うまでもない。

「その時に周辺住民から物凄い数の苦情が寄せられてだな！　我々市役所職員がどんなに大変だったか!!」

苦情の話は事実であるが、何もそれは矢沢永吉に限った事では無く、サッカーの試合やアイドル、洋楽のコンサートでも必ず苦情が出るのを香澄は知っていた。

「いい加減にして下さいな。ウチの麻理子が暴走族の集会なんかに参加する訳ないじゃありませんか」

「脅されて無理矢理、連れてかれてるのかもしれないじゃないかっ！」

「心配いりませんよ」

「何故言い切れる!?」

「遥子ちゃんが一緒ですから」

「……そ、そうなのか？」

「えぇ」

遥子の名が出た途端に大人しくなる孝之。さっきまでの喧騒が嘘の様に静まり返る山本家のダイニング。暫し沈黙が流れる。

「そ、そうか。槙村さんも一緒なのか。それなら安心だな。うん。そうかそうか……」

孝之が独り言の様に呟く中、香澄は空になった自分の湯飲みにお茶を注ぎ足し茶菓子に手を伸ばす。テレビから文化人気取りタレントの偉そうなコメントが聞こえてくる中、

「な、なぁ母さんや」

「何ですか？」

お茶をズズッ。

「槙村さんは～最近また～ウチに来られるのかね？」

「えぇ」

あられをパクッ。

「おぉ！　そうかね！」

途端に機嫌が良くなる孝之。

お茶をズズッ。

「んん～きっと～素敵な大人の女性になられたんだろうねぇ～」

「そりゃもう」

煎餅をガリッ！

「おぉ〜そうかそうか‼」

益々上機嫌になる。

お茶をズズッ。

「ん〜久しぶりに是非お会いしたいものだねぇ〜」

カリカリ梅をガリガリッ！

「今度はいつ〜ウチにお見えになるだろうねぇ〜？」

返事が無い。

「なぁ母さんや？」

振り返る孝之。だが香澄は洗濯物を干しに向かい、そこに姿は無かった。


「ありゃ医者でも草津の湯でも治らないって奴だな」

「神崎さんもそう思いますか？」

敏広の問いに頷く雄一郎。

9月5日。東京国際フォーラムのロビーにてクラⅡ終了後、飲みに行くのを断って先に帰るという裕司の背中を眺めつつ出た言葉である。裕司の麻理子に対する気持ちは、この頃には皆にバレバレであった。何をするにも何処か上の空。今日のコンサートも、あまり集中出来ていなかった様だ。

その一方で、麻理子のまの字を聞いただけで過剰に反応し途端に落ち着かなくなる。

「二十代半ばで恋煩いってか」

「でも何か可愛いわね」

賢治の呟きに、嫁の加奈子が笑う。

「ったく、さっさと想いを伝えちまえばいいのになぁ！」

「裕司の場合、お前みたいには行かんだろ」

「そうね。でも正しいよ」

「だろ？」

「敏広君の場合は無節操なだけだけどね」

「うるせぇ！　夫婦揃って同じ事、言うな！」

その時、

「くっつけちゃおっか。あの二人」

背後から突然聞こえた声の方に顔を向ける敏広達。遥子であった。

この日、遥子は眞由美と参戦。その眞由美は地方から来た昔ながらの仲間と少し離れた場所で談笑中。因みに眞由美のパートナーである拳斗は自身の都合で現在アメリカのシアトルに滞在中であった。

「でもどうやって？」

「その前に麻理子ちゃんは裕司君の事、どう思ってるのかな？」

「悪い印象は無いと思う。むしろ好印象じゃないかな」

遥子は一昨日深夜の麻理子の呟きを思い出していた。

「しょうがねぇ。不器用なアイツの為に一肌脱ぐか！」と敏広。

「俺も乗った」

「私も手伝うわ」

「ワシの様なジジィはこういう事には役立たずだろうから、静観させて貰うよ」

「そんな事ありませんけど、ここは私達にお任せ下さい」と遥子が笑う。

「あいつはワシの倅みたいなもんだからね。遥子ちゃんヨロシク頼むよ」

「全ては裕司君次第ですけど、全力は尽くします」

こうして遥子と裕司の仲間達による恋の企みが始まった。


「あの……私、好きな人、居ますんで……」

咄嗟に出た言葉であった。職場である総合病院の受付で今日も麻理子は、ある患者さんからしつこく男を売り込まれていた。

麻理子は相当モテる。可愛い顔立ちにスキだらけな雰囲気であるが故に、外来の若い男の患者からしょっちゅうナンパされるが、この手の輩は守衛さんが強制的に排除してくれるので、麻理子は助かっていた。

だが困るのは高齢の患者さんで、麻理子は非常に優しいのでお年寄りからも人気があり、毎度の様に、

「是非、息子の嫁に！」

「孫の嫁に！」

と言い寄られ、守衛さんも流石にこれを排除する事は出来ずにいた。

以前は彼氏が居るのを理由に断る事も出来たが、最近別れたのがバレてしまい、患者さんの麻理子争奪戦が再発してしまったのだ。

「大変ねぇ」

と上司の中年女性。嫌味では無く本心で麻理子を気遣っている。

「すみません」

「貴女のせいじゃないわ」

「でも、これじゃ業務に支障が……」

「確かにそうだけど今は嵐の時と思えばいいじゃない。ところで……」

「はい？」

「好きな人って何方？」

「私も気になるぅ！」

同僚も会話に交ざってくる。

「そ、それは……」

言葉に詰まる。

「まさかこの間の男だったりしてぇ」

「ちょ、ちょっと止めてよ！」

少し本気で怒る麻理子。

「冗談にしてはタチが悪いわね」

と、上司もその同僚を窘《たしな》める。

この間の男とは麻理子の小、中学校の同級生の事であった。今年の夏の初めに突然その同級生の母親が息子であるその男と揃って麻理子の自宅にやってきた。何処で知ったのか、麻理子が彼氏と別れたのを機にウチの子と付き合って欲しいと言い出したのだ。

余りにも唐突で非常識な申し出に、麻理子と母、香澄は開いた口が塞がらないでいたが、

「何も結婚を前提にという事では無く、お休みの日には一緒に映画を観たりお食事に行ったりして欲しい」

と、当然の権利の様に要求してくるその母親。

因みに麻理子はその男の存在は知っていたが小、中の9年間で一緒のクラスになる事も、まし

てや会話すらした事もなかった。それを理由に香澄が丁重にお断りすると、母親は二人に罵詈雑言を浴びせ帰っていった。

しかも翌日から、その男が麻理子にストーカー行為をし始め、毎日の様に職場にまで現れだしたのだ。幸い職場のスタッフに麻理子の親衛隊とも言えるお年寄りの患者さん、また親友の遥子のお陰で、物理的にそのストーカーの脅威を取り除く事が出来たが、どうもこの事件が原因で、麻理子がフリーになった事が公になった様である。

「方便?」と上司。

「そ、そうです!」

「なぁんだ、つまんないの〜」

上司と同僚はそれ以上言及しなかった。

ただ麻理子は複雑な心境であった。方便と言っても丸っきり嘘という訳でも無い様な気がしたからだ。それは今朝観た夢。

それまでは何故か例の『記憶』ばかり観続けていたのだが、今朝の夢は全く違う物であった。暗闇の中、麻理子は泣いていた。理由は判らない。ただ言いようの無い悲しさを感じている事は確かであった。

だがその時、何処からともなくピアノの調べが聴こえてきた。自然と涙が止まり顔を上げる。麻理子の居た場所、そこは武道館の中であった。2階スタンド席からステージを見下ろすと、そこにはグランドピアノを弾きながら口笛を吹くビリー・ジョエルの姿が。

それは麻理子が高校の頃に親友の遥子と初めて行ったコンサート。ふと隣に居る遥子の方に顔を向ける。だがそこに居たのは遥子ではなかった。

「楓叔母さん!!」

楓は麻理子に優しく微笑みステージの方を指差す。導かれる様にステージに視線を移す麻理子。するとステージにはビリーでは無く矢沢永吉の姿が見えた。

突然、永ちゃんコールの大合唱が麻理子の周辺で始まる。反射的に辺りを見回すと既に楓の姿は無く、周りでは遥子と昨年末から今年にかけて出逢った仲間が大いに盛り上がっていた。一人一人と視線が合う。皆、麻理子に優しく微笑んでくれる。麻理子も一緒になって永ちゃんコールを始める。しかし、その時ステージに居たのは矢沢永吉では無かった。

「！」

ここで目が覚めた。身体を起こし、まだ夢と現実の区別が曖昧な頭の中を整理しようと試みる。

「……裕司君？」

確証は持てないが、あの時ステージ上に観えた男の姿は裕司に思えた。

そしてその日以来、麻理子は過去の記憶に悩まされる事はなくなった。

「結局のところ、麻理子ちゃんて、どんな男がタイプなの？」

ある日の川崎 Open Your Heart。

「真面目な人って事は間違いないわね。それと意外に面食い」

「一応、合格点じゃないか？」と賢治。

「あぁ、それと、あの子きっと声フェチね」

「それも充分合格だな」

「なら何も問題無し、じゃないか」

「ただ麻理子は自分から告白する様な子じゃないから、そこは裕司君に言って貰わないとね」

「……大問題じゃねぇかよ」

祐司は今で言う草食系の典型であった。

過去の恋愛も女性の方から裕司にアプローチしてから発展という形で、しかも裕司はあまり女性にも恋愛にも執着しないタイプで、いつの間にかフラれているというパターンばかりであった。

更に裕司はフラれても落ち込む様な事がなく、故に今回の様な恋煩いは古い付き合いの敏広と賢治には少なからず驚きであった。

「こりゃ……裕司もこの場に呼んだ方がいいかもな」

1週間後、再び眞由美の店で会合を開く遥子達。そこに帰国した拳斗も面白そうだと加わり、裕司の恋のプランは仲間達に勝手に決められてしまうのであった。

「初デートの定番って言えば……」

「映画、遊園地、ドライブ、それと動物園とか？」

「その中で麻理子ちゃんが好きそうなのって……」

「麻理子はディズニーランドが大好きだけど」

「ならディズニーでいいんじゃないか？」

「んん〜、でもねぇ……」

言ってみたものの、遥子の中で二人の初デートでディズニーランドは何故かブレーキが掛かるのだった。遥子の知る限りでは麻理子は、ＴＤＬにはデートで行くよりも自分や友達同士と一緒に行く事を好む様なのだ。

高校の頃も、

「遥子と行くのが一番楽しい」

と言っていたし実際、過去の彼氏とも行っていないらしい。いろんな考えが交錯する中、遥子の頭に一つの案が閃いた。

「ＤＭ！」

「えっ？」

「ＤＭだったら自然じゃない？」

「いいねぇ！　ＤＭなら、お前も案内出来るだろ！」

「う、うん」

ここでやっと裕司が口を開く。

麻理子は赤坂の矢沢永吉イメージスペース『ＤＩＡＭＯＮＤ ＭＯＯＮ』にはまだ一度も足を運んだ事がなかった。遥子もいつかは連れて行きたいと思っていたのだが中々機会に恵まれないでいたのだ。

「場所は決まり！　それじゃ日程だな」

「麻理子は基本、土日が休み」

「裕司、お前は休みは結構自由が利くんだろ？」

「う、うん」

協議の結果、日程は翌月、10月の第１日曜日に決定した。

「それじゃ後はお前が麻理子ちゃんを誘えば完了だ！」

「………」

「どうしたよ？」

「でも……」

「ん？」

「でも断られたら……」

「……お前、何言ってるんだよ！」と呆れ顔の敏広。

他の皆も裕司のあまりのヘタレぶりに脱力していた。

「お前、永ちゃんの浜スタの時は思い切り良く行ってたじゃんかよ！　同じ様に当たって砕けろよ!!」

「……………」

「しょうがないわね。あんまりこういう作為的な事はしたくないんだけど……」

遥子が携帯を開きメールを作成、送信する。10分後その返信が来た。

「オッケー！　麻理子、10月の第1日曜日、空いてるわ」

「どういう事？」

遥子はその日に麻理子に一緒にDMへ行こうとメールを送り、返事はOKであった。

「2日前に私は急用が出来た事にするわ。そこに裕司君が誘えばいいんじゃない？」

「遥子ちゃん結構策士だねぇ」

「でも……」

「今度は何だよ？」

「でもそれで断られたら……」

「その時は麻理子にはその気が無いって事ね」

「そうだな」

「でもその方がお前も諦めがつくだろ」

「男だろ。腹括れ」

残酷な様だが、これ位の事でビビッていたら恋愛は出来ない。そもそも普通なら周りがここまでお膳立てしてくれたりもしない。裕司は有難い反面、自身の気持ちを弄ばれている様な気もして複雑な気分であった。


Xデーの2日前。川崎のOYH。

計画通り遥子に『急用』が出来、約束キャンセルのメールを送る。5分後、麻理子から了解の返信が届く。透かさず裕司が麻理子宛にメールを送る。というより敏広達に添削されたメールを強制的に送らされる。

裕司からのメール送信後、暫く重い沈黙が続く。5分後、裕司の携帯が鳴った。早く内容を確認する様、皆に急かされる。手が震え心臓の鼓動が周りに聞こえるんじゃないかと思える位にドキドキする。まるで公開処刑される様な心境の裕司。恐る恐るメールを開く。

息を飲む敏広達。

「おい……どうなんだ?」

「……オッケーだ」

一斉に安堵のため息が出る。

「良かったじゃねぇかよ！」

「私も正直、心配だったわ」

「でも肝心なのはこれからだぞ」

「は、はい！」

ここ数週間の中で裕司の顔にやっと精気が現れる。今度は具体的に待ち合わせの場所と時間等のメールを作成。さっきまでと違いメールを打つ指も滑らかな裕司。

だが後ろから敏広が覗き込むと、

「おいチョット待て！」

「えっ？」

「待ち合わせ場所が赤坂の駅って、どういう事だ？」

「……最寄りの駅じゃないか」

「お前、麻理子ちゃんに、そこまで一人で行かせる気か？」

「……問題無いだろ？」

「裕司君！」

子供を叱る先生の様な顔をした遥子。

「女の子を、ちゃんとエスコート出来ない様じゃ男とは言えないわよ」

カウンター奥で眞由美も遥子と同じ様な顔をしている。

「えっ……じゃあどうすれば？」

「そんなん、お前が調布まで迎えに行くに決まってるだろうが！」

「えぇ～っ⁉」

露骨に面倒臭そうな顔をする裕司。裕司の自宅の最寄りの駅は田園都市線の梶が谷。調布経由で赤坂に向かうのは、かなりの遠回りであった。

「それ位やらなきゃ麻理子ちゃん程の可愛い娘はＧＥＴ出来ねえぞ！」

「そうよ！　麻理子はモテるからね！」

「根性決めろ！　オラァ‼」

「は、はい……」

拳斗に凄まれ素直に従う裕司。

デート。それは男が女を接待する事である。


翌日。Ｘデーの前日。

最終的に11時に調布駅パルコの前で待ち合わせという事に決まり、この日も川崎のＯＹＨにて裕司への最後のレクチャーが行われていた。

「いいか？　お前が楽しもうと思うな。あくまで主役は麻理子ちゃんだ。明日は一日、麻理子ちゃんの奴隷になって、それこそ馬車馬みたいに働け。判ったな？」

「は、はい」

拳斗のムチャクチャとも思えるアドバイスに力無く頷く裕司。もはや誰の為のデートなのか判らなくなっていた。

「それじゃ今日は早く帰ってゆっくり休め」

「あ、判りました」

ソファから立ち上がる裕司。

「がんばれよ！」

「麻理子をヨロシクね！」

「吉報、期待してるわよ」

皆に激励され店を後にする。

「まるで中学生の初デートみたいね」と笑う眞由美。

「さて、どうなる事やら」と拳斗。

「寝坊とかして遅刻しなけりゃいいけどねぇ」

「それは大丈夫ですよ」

「あいつは時間に几帳面だし、いつも1時間前には待ち合わせ場所に来てますから」

「1時間前!?」

眞由美と遥子が声を上げる。

「そんな早くに行って何してんのかしら？」

「そこで朝飯食ったりコーヒー飲みながら音楽聴いたり、本、読んだりとノンビリ待ってるのが好きみたいで」

「なるほどねぇ～」

「それなら遅刻の心配は無いな」

だがその時、

「あぁっ!!」

賢治が叫んだ。

「どうしたの？」

「ヤバいよ！　肝心な事、忘れてた!!」

「何？」

賢治が敏広の方を見る。

「ほら、あいつのファッション！」

「…………あぁっ!!」

敏広も心当たりがある様だ。

「あっちゃ～確かに一番忘れちゃいけない事だったかもな」

「どういう事？」

「あいつ……間違いなく明日も今日みたいな格好で行きますよ」

裕司はファッションには全くと言っていい程、無頓着であった。別に悪趣味という訳では無いが、どんな時も普段着のまま（昔はジーンズメイト。最近はユニクロ）で行動する為、デートでもそれは変わらず、そのせいで、かつて半日でフラれた事があった。

因みに、その時の相手は賢治の２つ下の妹、瑞希《みずき》であった。瑞希は兄がバンドをやっているのを当然知っていたが当初は全く興味無しだった。ところが賢治と同じ鷺沼平高校に入学して、新入生歓迎会でのＹＡＳＨＩＭＡのパフォーマンスを観て態度が１８０度変わる。

当時の新入生の女子の間でＹＡＳＨＩＭＡの３人は最も注目すべき男子となり、中でも初めは一番人気だった裕司に身内の特権で、

「お兄ちゃん裕司さんを紹介してっ！」

と、せがみデートに漕ぎ着ける。

だが、

「瑞希の奴、昼には帰ってきちゃったんだよ。どうかしたのかって聞いたら、初デートであの服装は無いって怒り半分、呆れ半分だったな」

「確かに彼が着飾ってるところって見た事ないわね」

しかも当の裕司は、この失敗談から何も学んでいなかった。

「今からメールすれば？」

「無駄ですよ。そういう事に関しては本当に無頓着なんで」

「それに肝心の服を持ってないでしょうから」

「ここまで来てなぁ」

「ちょっと待って」と遥子。

「1時間前には待ち合わせ場所に行くって言ってたわよね？」

「うん」

暫し考え込む遥子。

「乗りかかった船。最後までお膳立てしなきゃYAZAWA仲間って言えないんじゃなくて？」

「何か案でもあるの？」

「ちょっと力技だけどね。拳斗さん、申し訳ないんですが明日の朝、協力して頂けませんか？」

「力技は得意分野だ。喜んで！」

「ありがとうございます！」

「俺達も手伝おっか？」

「是非お願い！」

遥子は携帯を取り出して2番目の姉の涼子に電話をかけた。

自宅に居る麻理子の携帯が鳴った。遥子からであった。

「もしもし？」

「麻理子、今、話しても平気？」

「うん。大丈夫」

「あのね、裕司君から伝言を預かってるんだけど、急用が出来たらしくって明日の待ち合わせ時間を1時間、遅らせて欲しいんだって」

「えっ？　そうなの？」

「大丈夫？」

「う、うん」

「それじゃね。確かに伝えたから」

電話が切れる。

当然ながら麻理子は変だと思った。何故に遥子経由で時間変更のお願いが来るのか？　裕司とは既に何度か携帯でやり取りしているので、本人から直接来るのが自然の筈。だが同時に遥子が自分を陥れる様な事をする訳がないので麻理子は考えるのを止めた。


そしてXデー当日　9：15AM　裕司の自宅前。

「そろそろ出てくる時間だな」

今、自宅を出ればトラブルが無ければ10時には調布に着く。ドアの奥から靴を履く様な物音が聞こえてきた。

「本当、時間に几帳面ね」

ドアが開き裕司が出てくる。鍵をかけ門の黒い格子状の扉を引いたその時、

「わぁっ!!」

前を見て裕司は仰け反り倒れそうな程に驚いた。そこには拳斗、遥子、敏広、賢治の姿が。

「ど、どうしたのみんな？」

「………………ハァ――――――――ッ！」

4人は裕司の姿を見て同時に深いため息を吐いた。グレーのパーカーにジーパン。不潔では無いが地味な事この上ない。

「どう見ても、これからデートって男のナリじゃあねぇな」

「裕司君、優しいだけじゃ女の子の気持ちは掴めないよ！」

「大体お前そんな格好、麻理子ちゃんに失礼だぞ！」

「ここまで学習能力が無いとは俺も思わなかったぜ」

言いたい放題言われて、大らかな性格の裕司もこの時ばかりは流石にムッとなる。

「な、何だよみんなしていきなり！」

「まぁ予定通り決行って事で」と賢治。

「えっ？」

敏広と賢治の二人に左右の腕を抱えられる裕司。

「お、オイちょっと！」

遥子がランクルの後部座席のドアを開け二人に車中に引き摺り込まれる。ドアを閉めると同時にエンジンが掛かり、遥子が素早く助手席に乗り込む。

こうして裕司は4人に拉致られた。


11：50 AM　調布駅パルコ前。

フロントに黒いリボンの付いた白のシフォンブラウスに淡いピンクのニットカーデ、ブラウンのグレンチェック柄のスカート姿の麻理子は、着いたと同時に反射的に携帯を開き時間を見る。

特に着信等も無いので携帯を畳みバッグの中に入れようとしたが、急な連絡が有る場合を考え手に持ったままバッグを閉じた。

日曜の昼という事もあり割と人気が多い。また天気にも恵まれ日差しを避ける為に日陰に入ろうとした時、ロータリーに1台のランドクルーザーが進入してくるのが見えた。

「あの車……」

麻理子は、そのランクルに見覚えが有った。しかも自分の目の前で停まる。すると後部座席のドアが開き中から何かが勢い良く放り出された。

ドサッ!!

「っ痛えぇ――――――――っ!!」

目前の光景に目が点になる麻理子。ドアが閉まると同時に前後のパワーウィンドウが下がっていく。助手席の顔を見て、麻理子は我が目を疑った。

「よ、遥子!?」

その奥には拳斗、後ろには賢治と敏広の顔もある。目をパチクリさせている麻理子に向かって、遥子達4人は親指を立ててニカッ！　と笑った。そして走り去るランクル。

「あたたた……」

ここで麻理子の意識はやっと放り出された者に向いた。

「裕司君！　大丈夫？」

駆け寄る麻理子。

「あぁ、うん何とかね」

「怪我は無い？」

「うん、ありがとう」

短く整った茶髪をソフトモヒカン風に無造作に立て、タイトな黒ジャケにVネックのガールズプリントのロンT、程好くダメージの入ったデニムにダービーブーツというロック系ファッションの裕司は、フェンスを掴みながらゆっくり立ち上がった。

周りの視線が気になる。

パルコ前から駅のホーム、そして京王線の車中と何故か周囲の、特に女性からの視線を感じて裕司は落ち着かなかった。

「ねぇ、今日の俺、可笑しいかな？」

と小声で麻理子に聞く。

「えっ？　何処も可笑しくないよ」

「ホントに？」

「うん。可笑しいどころか今日の裕司君、カッコいいよ！」

「えっ？　そ、そうかなぁ？」

「あっ、ごめんね。普段はカッコ悪いって意味じゃないから」

笑う裕司。お陰で落ち着きを取り戻せたので、ここに至るまでの経緯を話し始めた。午前中に4人に拉致され連れて行かれた場所が、神宮前にある開店前のヘア・サロン。

「もしかして、アルテミス？」

「確かそんな名前だった！　知ってるの？」

「うん。遥子の2番目のお姉さんのお店」

先頭を早歩きで進む遥子の後を、敏広と賢治に腕を捕まれながら連行される裕司。

「いらっしゃ〜い」

「涼ネェ！　お願い！」

「任せなさい！　先ずはシャンプーね」

訳も判らずシャンプー台に連れて行かれ洗髪、タオルドライと手際良くスタッフの若い女性に施され鏡の前に座らされる。すると先程、涼ネェと呼ばれた綺麗な女性が近づいてきた。

「初めまして。遥子の姉の涼子です」

鏡越しに素敵な笑顔を見せてくれる。

「あ、初めまして。汐崎裕司です」

「あまり時間が無いから早速始めさせて貰いますね」

裕司の髪にコームを入れカットを始める涼子。丁寧だが素早い。いつもなら駅前の短時間、低価格の床屋で済ませている裕司はこういうサロンでのヘアカットは久しぶり。

みるみるうちに適当な髪型が良い感じにデザインされていき10分位で終了。

「はい！　次はカラーね！」

明るめのブラウンに染められ、髪を乾かすと今度は別室に連れて行かれた。そこには二人の女性と一人のオネェ系の男性がおり、壁には何種類ものメンズ服が掛けられていた。

3人共涼子の知人で原宿でブティックを経営している者達であり、裕司は着て来た普段着や靴を脱がされ生身の着せ替え人形と化した。3度目の試着が終わると、

「これよ！　これがいいわ！」

とオネェが叫び他の女性二人も同意する。因みにこのオネエは裕司が試着中に事あるごとに裕司の身体を触り捲っていた。

服が決まると、またカットスペースに移動。眉カットと仕上げのスタイリングを涼子がやってくれ、ここに普段とはまるで違う裕司が出来上がった。

「お疲れ様」と笑顔の涼子。

「いいじゃない！　ねぇ〜すっごく素敵よぉ！」

いつの間にか背後に来ていたさっきのオネェ。裕司も鏡に映る自分を見て正直、俺って結構イケているんじゃないかと思ったが、まだこの時点では自信が持てなかった。

裕司は背が高く、手足もスラリと長くて顔も小さいモデル体型。しかも結構なイケメンなのだが当の本人にその自覚が全く無かったのだ。

そして裕司は再び拳斗のランクルに乗せられ先程、調布駅パルコ前に放り出されたのだった。

話を聞きながらクスクス笑う麻理子。特にオネェの部分でよくウケている。

「そのオネェな人って小柄で目が大きい人？」

「そうそう！　ギョロ目で色黒なオッサン！　って知ってるの？」

「うん。ナンシーさん」

「ナ、ナンシィ!?」

名前と容姿のギャップに声が裏返る。

麻理子は遥子の紹介で高校生の頃からアルテミスで髪を切って貰っており、そこでナンシーを紹介して貰っていた。ナンシーは基本、女が大嫌いなのだが涼子や遥子等、一部の女性とは非常に仲が良く麻理子の事も気に入ってくれていた。

因みにナンシーの本名は山田一郎だが、その名で呼ぶと無視、或いはキレられ、また何故にナンシーなのかも謎である。

「いい人だったでしょ？」

「まぁ確かに悪い人じゃなさそうだけど……触り捲ってくるからさぁ」

またクスクス笑いだす。話を聞きながら麻理子は昨夜の遥子からの電話を思い出していた。

《そっか。こういう事だったのね》

仕組まれた事ではあるが腹は立たなかった。

やがて二人は電車を乗り継ぎ千代田線の赤坂駅まで辿り着いた。


ＤＭに向かう前にランチという事で赤坂駅近くのコージーコーナーに立ち寄る。満席だったが二人が店に入ると同時に４人掛けのテーブルが空いたので殆ど待たずに席に着く事が出来た。

注文を済ませると麻理子が徐に口を開いた。

「ねぇ、裕司君、昔バンドやってたんでしょ？」

「えっ!?」

大袈裟に思える位に驚きを露にする裕司。

「この前、敏広君達に聞いたの」

「あぁ、そうなんだ。うん、高校の頃にね……」

「凄い上手だって聞いたよ」

「うん。あいつ等は本当に上手いよ！　敏広は器用だから何でも直ぐにマスターしちゃうし賢治も小学校から……」

「そうじゃなくて裕司君のヴォーカル」

「えぇっ！　いや……自分では何とも……」

「文化祭、凄い盛り上げたんでしょ？」

「あいつ等そこまで話してるんだ……」

妙に恥ずかしがる裕司。

「確かにあの頃は思い出深いね」

「凄いね。羨ましいな」

「羨ましい？」

「私、歌とか楽器って全然駄目だから」

「俺も楽器は、からっきし駄目だよ」

「でも歌は上手なんでしょ？」

「まぁ……正直、歌には自信があるけど……」

「けど？」

「俺が歌に自信が持てる様になったのは、お兄ちゃんのお陰なんだよね」

「お兄ちゃんって、この前、話してた？」

「うん」

ここで注文した料理が運ばれ、とりあえず食事を始める二人。

食後のアイスコーヒーとアイスティーが運ばれてくると、

「そのお兄ちゃんのお話、聞かせて」

「えっ？」

「裕司君にビリーを教えてくれた人でしょ？」

「あぁ、憶えていてくれたんだ」

「うん」

裕司達が5月にホスト役で奈穂子に川崎ＯＹＨに呼び出された日、裕司と麻理子が、まともな会話をしたのは、この時が初めてであった。

「あの時、私と似ているなって思ったの」

裕司も同じ事を思った。

「あの時は私の楓叔母さんの話をしたでしょ？　だから今度は裕司君の番」

「うん。判った」

裕司は過去の記憶を辿りながらゆっくり話し始めた。


裕司が、お兄ちゃんと呼ぶ汐崎雅彦は厳密には9歳上の従兄弟で、癌が原因で物心ついた頃には視力を失ってしまっていた。だがその影響か聴覚は非常に鋭く絶対音感の持ち主で4歳でピアノを始め、6歳になると一度聴いた曲の殆どをその場でピアノで再現出来る位の腕前に成長していた。

二人が初めて会ったのは裕司が5歳の頃。雅彦の住む二子玉川の家に親戚一同集まった時であった。この時、何かの余興で雅彦がピアノでショパンの♪革命を披露。その音に裕司は生まれて初めて『ブッ飛んだ』という感覚を味わった。

演奏が終わると親戚一同から拍手が起こり、皆、異口同音に雅彦を絶賛しだした。だが何故か当の雅彦はその賛美の声にあまり嬉しそうでは無い様だった。

裕司も父に感想を聞かれ思った事を率直に口にした。

「お兄ちゃん凄いね！　目が見えないのに」

この子供の素直な感想に親戚一同は凍り付いた。周りの突き刺さる様な視線が幼い裕司と父に向けられる。

「裕司!!」

父親は大声で裕司を叱りだした。理由も判らないまま怒鳴られ泣きだす裕司。

だが、それを庇ったのが雅彦であった。

「僕が目が見えないのは事実じゃないか。なのに何で皆してその子を叱るんだ？　酷いじゃないか！」

実際に叱っているのは裕司の父一人なのだが周りの皆も同意見だという事を、雅彦はその場の空気で敏感に察知していた。雅彦は自分が盲目である事を過剰に意識して、まるで腫れ物に触る様に接してくる周囲の者達が本当は嫌で仕方がなかったのだ。

この事がキッカケで雅彦と裕司は急速に仲良くなり、裕司が小学校に上がる頃には月に1回のペースで、また夏休みなどには一人お泊りで雅彦の家に遊びに行く様になった。

雅彦はクラシックピアノは勿論、ジャズやロックのCDも部屋の壁が一面埋まる程所有しており、よく聴いていたのがオスカー・ピーターソン、アート・テイタム、エルトン・ジョン、TOTO、EL&P、YES等々。

中でも特にお気に入りだったのがビリー・ジョエルで、遊びに行くとそれ等のCDを片っ端から聴かせてくれ、時にはCDに合わせながら生演奏を披露したりしてくれた。その影響で裕司も洋楽を聴く様になり、当時最も好きだったのが麻理子と同じビリー・ジョエルの♪オネスティであった。

そしてある日、裕司が何気なく曲に合わせて鼻歌を歌っていると、

「もっとちゃんと歌ってみ！」

「えっ？」

「曲に合わせてちゃんと歌ってみろよ」

「僕、英語、判らないよ」

「そんなのは適当でいいんだ。ハミングでもいいから合わせてみろ」

その時、部屋に流れていたのはビリー・ジョエルの♪Uptown Girl。裕司は言われた通りデタラメ英語で歌ってみた。曲が終わると、

「裕司、お前やっぱりいい声してるな！」

「えぇ～っ？」

「もう一度、最初からやってみよう！」

曲をリピートして今度は始めから歌う裕司。それに合わせて雅彦がアドリブでアレンジしたピアノを被せてくる。

この時、裕司は生の音に合わせて歌う楽しさを知った。

「やっぱりだ！　裕司、お前は天性の声の持ち主だ！」

「えぇ!?　そんな事ないよ」

「僕が言うんだから間違いない！　ちゃんとレッスンを受ければプロだって夢じゃないぞ！」

嬉しい様な恥ずかしい様な。だが雅彦に言われると何だか自分でも自信が持てる様な気がした。

それから遊びの延長で裕司はマンツーマンで雅彦からのレッスンを受ける様になった。

「もっと腹から声を出してみ！」

「え？」

「お腹の中から声を出すんだ！」

「判らないよぉ」

「大きく息を吸ってヘソの下辺りに力を入れるんだ。それで喉じゃなく腹を意識して歌ってみろ！」

まだよく判らないが言われた通りやってみた。

「おぉ！　いいぞ！　いい感じになってきた！」

裕司も何となく感覚が判ってきた。雅彦のピアノも勢いに乗ってくる。

「もっと腹に力を入れてみろ！」

言われた通り腹に力を込める裕司。だが、

ぷ～～～～～っ！

余りに力み過ぎてオナラが出てしまった。

「はははははは！」

突然のノイズに笑いだす雅彦。裕司も鼻をつまんで一緒になって笑った。

雅彦によって開花した裕司の才能。

だがこの頃その才能を理解していたのは、その雅彦ただ一人だけであった。遊びの延長とはいえ日々のレッスンで着実に歌に対する自信と実力を付けてきた裕司。

ところが学校での音楽の授業の時、

「汐崎君、周りの子達の声が聞こえないからそんなに怒鳴らないで！」

合唱の時に教師から言われた言葉に、裕司は唖然とした。怒鳴ってなどいない。腹から声をしっかり出してちゃんと歌っているだけだ。だが、この教師は聖職者としての自覚が全く無い横並びが大好きな典型的マニュアル教師で、個人の才能を伸ばす事には全く関心が無かったのだ。

その後も裕司は普通に歌っているだけなのに、周りより飛び抜けている為に逆に注意を受け、それが原因でクラスメイトからも囃し立てられ、音楽の授業が大嫌いになってしまった。

その事を雅彦に話すと、

「先生もクラスの奴等も大馬鹿だ！　歌を、音楽を全く判ってない！」

更に雅彦は続ける。

「裕司、お前の歌は本物だ！　だから逆に、そいつ等には理解されないんだ！　そんな奴等相手にするな！　いつかきっとお前の才能に気付く人が現れる！」

以来、裕司は、

「能ある鷹は爪を隠すもんだ」

という雅彦のアドバイスを受け、音楽の授業で本気を出すのを止めた。その為、幼馴染の敏広も裕司の歌の実力には、この時点では気付いていなかったのだ。

やがて中学生になり、その才能に敏広が気付くのだが、その時、雅彦はこの世には居なかった。

裕司が6年生の時、雅彦の視力を奪った癌が胃や肺にまで転移しているのが見付かり手術を受けるも、手の施し様が無いまでに悪化してしまっていたのだった。

最期の日、病院で壮絶な痛みに耐えながら雅彦は集まった家族、親類の中で裕司だけに病室に入る許可を出した。

「裕司……僕はお前に会えて本当に幸せだったよ……ただ……僕のピアノと…………お前の歌で…………出来れば一緒に…………天下を取りたかったな…………それだけが心……残りだ……」

裕司は震える雅彦の手を握り締めながら泣きじゃくる以外、何も出来なかった。

「将来……その才能を……どうするのか……それは……お前が決める……事……だ……だけどな……裕司………お前の歌は………僕が知ってる限り………ま………間違いな……」

ここで雅彦は力尽きた。

「あの時、お兄ちゃんが何て言おうとしてたのかは判らないけど、何の取柄も無かった俺に自信が持てるものをくれて、いつも褒めてくれて、本当お兄ちゃんには感謝してもしきれない位だよ。だから尚更あの時は辛かったな……」

聞きながら麻理子は涙ぐんでいた。

自身も最愛の叔母を癌で亡くしているので裕司の気持ちが痛い程よく判る。

「あっ、ごめんね！　何だか湿っぽくなっちゃって……」

裕司の言葉に首を大きく横に振る麻理子。指で目尻を拭いながら、

「ねぇ」

「ん？」

「私……裕司君の歌……聴いてみたいな」

「えぇっ？」

「駄目？」

「いや、駄目って訳じゃないんだけど……」

裕司は敏広と賢治がバックで居ないと不安で、カラオケも何故か苦手であった。

「その……じゃあ機会があったら披露するよ」

「約束してくれる？」

「うん……判った」

その言葉に屈託の無い笑顔を見せる麻理子。

それにまた心奪われる。

「あ……それじゃそろそろ今日のメインの場所に向かおっか?」

「うん」

二人は店を出て、赤坂通りを溜池山王方面に歩いていった。

この頃の『DIAMOND MOON』は仮店舗で現在の場所と違い赤坂通りから一つ路地を入ったビルの地下一階にあった。

階段を降り黒い扉を開けると、サブ2ヴァージョンの♪真っ赤なフィアットが聴こえてくる。

「わぁっ!」

あまり広くはないがYAZAWAな雰囲気一色の店内に歓喜の声を上げる麻理子。

入って左側のバー・スペースは夕方5時開店なので誰も居ないが、右側のグッズ売り場は日曜日という事もあって中々の賑わいである。

壁に飾ってある様々なYAZAWAグッズに、麻理子は暫し見惚れた。

ビーチ・タオルは勿論、フェイスタオル、ステッカー、Tシャツ、CD等、こうして見ると豊富なグッズ類とバラエティーに富んだそのデザインは壮観であった。

ふと麻理子の視線が右手前のレジカウンターの壁に掛かっているTシャツに止まる。黒地にE・YAZAWAのロゴが入っておりロゴの色は赤、黄と2種類ある。

「あの、すみません」

「いらっしゃいませ」

「そこのTシャツってお幾らですか？」

「申し訳ありません。こちらは非売品なんですよ」

「えっ？」

「それはポイントと引き換えのグッズなんだよ」と裕司が説明する。

DMでグッズを買うと値段に応じてポイントが付き、貯まったポイント数に応じていろんな非売品グッズと交換が出来る。

「そうなんだぁ。残念」

「ちょっと待って」

と、裕司が財布を取り出し、中からポイントカードを数枚取り出した。この頃は紙のスタンプカードで、裕司は殆ど引き換えをしないのでTシャツ1枚分位のポイントは優に貯まっていた。

「どっちがいい？」

「えっ？」

「プレゼントするよ」

「そ、そんな、悪いよぉ」

「いいんだ。折角一緒に来てくれたんだから、これ位させてよ」

躊躇するも必要以上に遠慮するのは逆に失礼だと思った麻理子は、裕司の好意に甘える事にした。

「それじゃ……赤で」

カード数枚をカウンターのトレイに置く裕司。引き換えにTシャツの入った袋を受け取る。

「はい」

「ありがとう」

嬉しそうな麻理子に裕司の表情も綻ぶ。

「でも折角、裕司君が貯めたポイントなのに……」

「いいんだよ。俺的に引き換えたいグッズって今のところ無いし」

「だけどまた貯めるの大変じゃない？」

「飲みに来れば簡単に貯まっちゃうよ」

と、バー・スペースを指差す裕司。

この頃のDMはバーでの飲食代金もポイント対象でボトルキープもやっていたので（現在は廃止）意外にポイント貯蓄は容易であった。裕司も二度程ボトルキープをやったが、来る時は一人では無く敏広達と来店するので一晩で空けてしまうのだった。

その後、二人はグッズを見て廻り、麻理子は色々と目移りしながらもビーチ・タオルとフェイスタオルを1枚ずつ、それと2002年の1度目のクラシック『VOICE』のDVDを購入。

この時、また裕司が支払いを買って出たが、流石にそれは遠慮した。

そして二人はＤＭを後にすると、最寄りのスターバックスで休憩した後に家路に就いた。

「今日はありがとう。楽しかったぁ！」

調布駅のホームで向かい合う。

「俺の方こそありがとう！」

「Ｔシャツもありがとう。大切に着るね！」

暫く無言で見詰め合う二人。

「あ……それじゃ改札まで見送るよ」

「ううん。今度は私が見送る」

「えっ？」

「だって朝は、わざわざパルコ前まで来てくれたんだもん。帰りは私に見送らせて」

裕司はこの時、待ち合わせ場所を赤坂駅にしなくて本当に良かったと思った。橋本行きの車両に裕司が乗り込みドア付近で麻理子の方を振り返る。

「気をつけてね」

「うん。麻理子ちゃんも」

「ねぇ」

「ん？」

少し間が開く。

「今度は……遊園地とか行きたいなぁ」

恥じらいながら強請《ねだ》る麻理子。今度、つまりは次があるという事だ。

「う、うん！　判った!!」

周囲を気にして声を抑えようとしたが、感情の高ぶりは抑える事が出来なかった。

発車のベルが鳴りドアが閉まる。麻理子の表情が少しだけ寂しげになった。

互いに手を振る二人。麻理子は列車が見えなくなるまでずっと見送ってくれていた。

祭りの後の様な寂しさと同時に今日のデートが次に繋がった事への喜びが湧き上がる。

裕司は空いている座席に腰掛けた。携帯を取り出し麻理子宛に送るメールを作成し始める。すると先に麻理子の方からメールが届いた。素早く開封する裕司。今日のお礼と感想が絵文字入りで可愛らしく書かれている。

中でも裕司の目に留まったのが、次の文面であった。

『今日は私の為にオシャレしてきてくれてありがとう！　すっごく似合ってたしカッコよかったよ』

裕司は今朝の事を改めて思い出し遥子達のお節介を感謝した。同時に自分自身がそういう方面に全くと言っていい程、無頓着であった事を、この時初めて反省した。

《持つべき物は友、というよりＹＡＺＡＷＡ仲間だな！》

裕司は仲間の有難味をしみじみと感じていた。だが月末に裕司宅のポストにアルテミスとナンシー達の店から、高額の請求書が届くと、

「あんな奴等、仲間じゃないっ!!」

と絶叫するのであった。


最初のＤＭデートから３日後、裕司は思い切って第３週の日曜日に麻理子を富士急ハイランドに誘ってみたら即オッケーの返事が来た。

自分の車、シルビア（オートマ）で調布駅まで迎えに行くと、麻理子は上下デニムに長いピンクブラウンの髪をポニーテールに纏め、普段のイメージと違う雰囲気であったが、それもよく似合っていた。しかもインナーには自分がプレゼントしたＹＡＺＡＷＡ・Ｔシャツを着て来てくれた。

その後も裕司の誘いの殆どを麻理子は受けてくれ、時には麻理子のスケジュールが合わない事もあったが、そんな時も麻理子は違う日なら空いていると教えてくれるので二人は月に２〜３回のペースで逢う事が出来た。

あまりデートを重ねるとプランを考えるのに困るものだが、麻理子と裕司は趣味が似ているせいか、その方面では意外と悩まないで済んだ。

また、初デート以来、裕司はファッションにも、それなりに気を遣う様になり、日を追うごと

に垢抜けていった。

やがてツアーが始まり、いつもなら裕司は雄一郎と一緒に行く事が殆どなのだが、その雄一郎や遥子、敏広達が気を遣ってくれてコンサートでも麻理子とのツーショットの機会に恵まれ仲間達から見ても麻理子と裕司は良い雰囲気なのが窺えた。

だが年が明けた1月中旬のある日。

「あんた達まだ付き合ってないの⁉」

「う、うん……」

遥子の裏返った声に力無く頷く麻理子。

「お前……マジかよっ！」

溝の口の居酒屋にて、呆れ顔の敏広達。

「何やってんの？　ホントお前……」

「何って……」

賢治の言葉に沈黙してしまう裕司。

その後、眞由美の店で行われる恒例の新年会でも、この話題が上り眞由美達を呆れさせた。

そして2月の第1土曜日。裕司は遥子に川崎ＯＹＨに呼び出された。

「こんばんは」

店内に入ると眞由美は勿論、遥子、拳斗、敏広、賢治が居た。何か雰囲気が重苦しい。

「裕司君」

と、遥子が止まり木から立ち上がる。何だか表情が怖い。

「単刀直入にお聞きします。麻理子の事、どう思ってますか？」

「えっ？……」

「麻理子の事、好きですか？」

「…………」

「男でしょ！　答えて!!」

珍しく語気を荒らげる遥子にビクッとなる。

「は……はい……好きです……」

蚊の鳴く様な声。遥子は大きなため息を吐く。

「だったら、それをちゃんと麻理子に伝えてあげて下さい！」

「……」

再び沈黙してしまう裕司。

「お前まさか、麻理子ちゃんの方から言って貰うの期待してんじゃないだろうな？」

敏広に突っ込まれ無言で狼狽《うろた》える。どうやら図星を突かれた様だ。

「どんだけヘタレなんだよお前……」

「裕司君、ちょっと情けないわよ」

「自信が持てないんだな」

賢治、眞由美の厳しい言葉と反対に優しげな拳斗。

「でも、それじゃちっとも先には進めないぞ。その役目を麻理子ちゃんにさせるのは男として恥ずかしいと思わないか？」

「そ、それは……」

ここで扉が開いた。

「あら？　何か物々しい雰囲気じゃない？」

と奈穂子。店内に居るメンツを見て何を話していたのかおおよその見当が付いた。

「私の事は気にしないで続けて」

「いえ、情事さんからも何か一言、言ってやって下さい！」と、遥子。

奈穂子はハイネケンの瓶を片手にソファの方に移動した。

「なら、これまでの途中経過を聞かせて貰おうかしら」

遥子と敏広から詳細を聞く。

「自信がないのね」

拳斗と同じ事を言う。

「気持ちは判らなくもないけど、いずれは白黒ハッキリさせなきゃならないのよ。ぬるま湯が心地好いのは最初のうちだけ。ハッキリ出来ないのなら麻理子ちゃんの事は諦めなさい」

「…………」

お通夜の様な沈黙が流れる。

「それなら裕司さんが自信持てるシチュエーションを作ればいいんじゃない？」

買い出しに行っていた愛美がいつの間にか裏口から戻ってきていた。

「シチュエーションってどんな？」と、眞由美。

「それは私には判らない」

「裕司が自信持てるって言ったら……」

「歌だよな？」

敏広、賢治の言葉に奈穂子が何か閃いた。

「ねぇ！」

皆が奈穂子に注目する。

「あんた達、YASHIMAを復活させなさい！」

「えっ⁉」

「何よヤシマって？」と、眞由美。

「前に話したじゃない。高校生で凄く上手いYAZAWAのコピーバンドが居たって」

「えっ！　それってコイツ等の事だったの⁉」

眞由美もYASHIMAの噂は聞いた事があったがメンバーの事までは知らなかった。

「でもそれがこの事と何の関係が……」と裕司。

「自信が持てるシチュエーションよ」

裕司の恋のバトンは遥子から奈穂子に手渡された。


麻理子の携帯に遥子からメールが届いた。

4月の最終土曜日に『情事』達いつものメンバーが麻理子の誕生日を祝ってくれるというのだ。麻理子は素直に嬉しく思ったが同時に自分の誕生日なんかで皆の手を煩わせるのは何だか申し訳ないとも思った。

ふと部屋のフォト・フレームを見る。

子供の頃は叔母の楓が毎年、祝ってくれた。高校生になると1年生の時を除けば遥子と何故か遥子の家族までもが一緒に祝ってくれた。大学から一昨年までは元カレの小野寺泰昭が。

その元カレ泰昭との写真はフレームからは既に抜かれ、代わりにその場所には、昨年の眞由美の店での新年会の写真が入れてあった。

遥子と再び頻繁に逢う様になって多くのYAZAWA仲間と知り合い早1年強。眞由美のバースデー・パーティーやオデッセイ、クラⅡ等、多くのイベントに参加する機会が増え、デジカメが主流となった今の時代でも思い出の数だけ写真が増えていった。

麻理子は、先程買ってきた新しいフレームの中にセレクトした最近の思い出の写真を入れて、古いフレームの右隣に掛けた。新しい方の写真は全てYAZAWA絡みの物ばかり。

だが、真ん中だけは敢えて今は空けておいた。

「いつになったら埋められるかな？」

麻理子は期待と寂しさの入り混じった表情で暫くフレームを見詰めていた。


4月の半ば。

遥子から誕生会の詳細メールが送られてきた。会場は京王線府中駅近くにあるライヴ・ハウス『リバプール』。眞由美の店だと勝手に予想していた麻理子は、ちょっと驚いた。集合時間は府中駅南口に19時。会場まで送迎して貰えるとの事なので地図や住所等の詳細は添付されていなかった。

メールを読み終えた頃に、今度は遥子から電話が掛かってきた。

「一応、確認なんだけど、そのプランで大丈夫？」

「うん。私は平気」

「よかった。それじゃヨロシクね」

「うん。ありがとう」

「あぁ、それから当日は勝負下着、着けて来なさいよ」

「えぇっ⁉」

思いがけない一言に声が裏返る麻理子。

「ちょ……ちょっと何、言い出すのよっ！」

だが電話は既に切れていた。

「……もうっ！」

何で自分の誕生祝いで勝負下着を？　そう思いつつも麻理子の身体は自然とチェストに向かった。

「アレ何処に仕舞ったかな？」


4月の最終土曜日。

ワインレッドのワンピースミニドレスに黒のファーボレロ姿の麻理子は、指定された時間の5分前には府中駅南口に着いた。送迎が来るとの事だが誰が来てくれるのか？　人気が多い割にそれらしき者は見当たらなかった。

だがその時、

「山本麻理子様」

呼ばれる方を振り返る。そこには髪をオールバックに纏めタキシードを着た、眼鏡にチョビ髭の人物が立っていた。

「お待ちしておりました。私が会場まで御案内いたします」

「……情事さん？」

ブッと噴き出すチョビ髭の人物。

「な、な、何の事ですかな？　私は情事なんて名でも無ければ奈穂子なんて人も全然心当たりなど有りませぬっ！」

「は、はぁ……」

ツッコミどころ満載なのだが麻理子は、それ以上何も言わなかった。

「ささっ！　どうぞこちらへ」

誘導されると、以前、1度乗せて貰った事があると思われるシーマの後部座席に案内される。

カーステレオからは♪ROCKIN' MY HEARTが流れ、走りだして5分もしないうちにシーマはある雑居ビルの前で停まった。

チョビ髭の人物が運転席から降りて後部座席のドアを開ける。

「会場はこちらの地下1階でございます」

エントランスからエレベーターまで誘導すると、B1ボタンを押して麻理子を一人乗せる。ドアが開きエレベーターから降りる麻理子。フロアの壁一面はビートルズがモチーフと思われる何種類もの絵に彩られていた。

「山本麻理子様ですか？」

入り口に立っていた蝶ネクタイの初老の男性が笑顔で出迎える。この人物は初めて見る顔であった。

「あ、はい」

「本日は御来店、誠にありがとうございます」

「いえ、こちらこそ」

「それでは御案内します。場内は理由があって暗くなっておりますので足元に御気をつけ下さい」

麻理子からボレロを受け取り扉を開ける男性。言う通り中は真っ暗であった。だが中に入ると左手、フロア中央部に丸テーブルとウッドチェアが一つずつ用意されており、そこの一か所だけは天井からライトで照らされていた。

男性は麻理子の足元を懐中電灯で照らしながら中まで促すと椅子を少し引いた。その椅子に腰掛けハンドバッグを膝の上に乗せる麻理子。すると男性は麻理子の左側にバッグを置く為の椅子をもう一つ用意してくれた。

「それではお飲み物を用意しますので少々お待ち下さいませ」

男性がボレロを椅子に掛け立ち去ると、今度は入れ替わりで若い女性がトレイ片手にテーブルにやってきた。

「山本麻理子様。この度はお誕生日おめでとうございます」

「あ、ありがとうございます」

女性は仮面を着けていた。隠れていない口の辺り、声の感じからすると愛美の様である。

テーブルにショートカクテル用のグラスが置かれシェーカーから中身が注がれると最後にブルーキュラソーが一滴《ひとしずく》沈められる。

「ダイヤモンドダストです」

「わぁ……」

ヴァージンスノーの様な艶やかなホワイトに淡く澄んだブルーが沈むそのカクテルの美しさに麻理子は見惚れた。

銀座の名バーテンダー草間常明氏が考案し、コンクールでもグランプリを受賞したカクテル。4月の誕生石、ダイヤモンドに準《なぞら》えて、このカクテルがチョイスされた。

一礼してその場から立ち去る。麻理子はグラスを手にし、ゆっくりと口元へ運んだ。

「美味しい！」

コクがあるも優しい口当たり。そして爽やかな香りに酔いしれる。

すると先程の愛美らしき仮面の女性が今度はカートを押して再びやってきた。カートの上には大きなバースデーケーキが載っている。

「本日は貴女を愛する者達による様々な催しが用意されております。どうぞ最後までゆっくりお楽しみください」

中央に、『Happy Birthday dear MARIKO』と書き込まれたチョコレートのプレートと色とりどりのフルーツが所狭しと並べられたケーキがテーブルに置かれる。仮面の女性は年齢の数に関係ない数本のキャンドルに火を点すと、指をパチンと鳴らした。途端に照明が消され真っ暗になるフロア。灯りはケーキのキャンドルだけである。

「炎が消えると同時に全ては始まります。さあ、今宵、貴女を夢の世界へと誘《いざな》いましょう」

その言葉に、いささか緊張気味の麻理子。

1度、深呼吸をして一気に吹き消す。だが中々、消えず2度、3度繰り返す。やがて全ての炎が消え何も見えなくなると前方だけがパッと明るくなり突然パワフルなドラムスが鳴り響いた。既に仮面の女性の姿は無く、ステージでは見知らぬ男がドラムでミディアムテンポの8ビートをパワフルに叩いていた。

8小節目辺りで下手側から3人の影が視界に入る。敏広と賢治、加奈子であった。

敏広が上手側、賢治が下手側、加奈子が賢治の後方のドラムの横にと、それぞれの配置に着く。

そしてギターとキーボードが同時にバッキングを弾きだした。

《あっ！　この曲》

それは麻理子が高校時代に好んで聴いていた曲であった。

バッキング開始から4小節目でベースのグリッサンドが入りルート音が小気味よく刻まれる。

更にイントロが繰り返されると最後の一人がステージ中央に現れた。

裕司であった。

白いタイトなドレス・スーツに赤いイタリアン・カラーのドレスシャツを身に纏った裕司は、サングラスをかけたまま客席の麻理子に向かって一礼をする。麻理子はちょっと慌てて立ち上がると姿勢を正して礼を返した。

裕司がスタンドからマイクを外し口元に近付ける。

「She waits for me at night ～♪」

歌声が麻理子の身体を突き抜けた。

ソウルフルで搾り出す様に歌う裕司のヴォーカルは、メゾフォルテでもパワフルで何処か甘く切ない。

ビリー・ジョエルの『♪All About Soul／君が教えてくれるすべてのこと』。

遥子のアドバイスで選んだこの曲は丁度、今の麻理子と裕司の事を物語っている様でもあった。

聴き入りながら自然と身体がリズムに乗る麻理子。

《本当に上手……》

バックの演奏は勿論、裕司の実力も麻理子の予想を遥かに上回っていた。だが何よりその唄に秘められた想いがメロディに乗って麻理子の心に訴えかけている様にも思えた。

やがて1曲目が終わりを迎えると流れる様にピアノの独奏が始まる。

《あっ！》

「If you search for tenderness ～♪」

加奈子のピアノに合わせて優しく囁く様に歌う裕司。ピアニッシモなのによく通る歌声。

やがてクレッシェンドでフォルテに歌い上げるそのシャウトは実にドラマティックであった。

麻理子と裕司が子供の頃に初めて好きになった曲♪オネスティ。

1コーラスはピアノのみ。2コーラス目からバンドが加わるアレンジで心地好いアンサンブルを展開しだす。

YASHIMAのパフォーマンスを観ながら麻理子の脳裏には様々なシーンが浮かんできた。

最愛の叔母、楓との思い出。

遥子と行った初めての武道館。

そして遥子を通じて出逢った新しい仲間達。

自然と麻理子の瞳からは涙が零《こぼ》れ落ちてきた。

観客は麻理子ただひとり。

今、この空間全てが自分の為に用意されている事に、麻理子は今迄味わった事のない幸福を感じていた。

静かに曲が終わると麻理子は自然とYASHIMAの面々に拍手を贈った。

バンドは休む事なく次の曲を演奏し始める。

ピアノのアルペジオからシャープなギターフレーズ。そして力強い三連符のベース音。エモーショナルなイントロダクションに、さりげないバックコーラスが見事に調和する。

「守ってやりたいだけ〜♪」

矢沢永吉の♪DIAMOND MOON。

永ちゃんの曲の中で麻理子が最も好きな曲の一つである。

これも選曲したのは遥子であるが、同時に裕司の歌うこの唄は不器用な男の麻理子への想いを雄弁に物語ってくれていた。

永ちゃんの力を借りて贈る麻理子へのラヴレター。

裕司は西岡恭蔵作詞による、この至極のバラードのお陰で自分の想いを表現する事が出来、麻理子にもそれは充分に伝わっている様であった。時に囁く様に、時に力強く歌う裕司をジッと見詰めている麻理子。その意識は周りから見ても裕司一点に集中しているのが窺えた。

最後のフレーズに渾身のヴィブラートを掛けると裕司は曲のエンディングを待たずにステージから降り麻理子の方へと歩きだした。それに合わせるかの様に立ち上がる麻理子。一歩右に出て裕司が来るのを待つ。

自然とフェイドアウトしていくバック・ミュージック。

麻理子の正面に立ち止まりサングラスを外す裕司。向かい合う二人。

だが裕司は麻理子と全く視線を合わせる事が出来ない。見詰める麻理子と違いキョロキョロと落ち着きが無く目線が彷徨っている。

ステージ上では敏広達が、

「行けっ！　行けっ！」

と、念を送っている。

「ま……麻理子さん……」

声が震え上擦る。

「はい……」

「その……ほ……ほ……惚れ……ほ……」

麻理子の表情が少し明るくなり、バックの面々も自然と身体を乗り出す。

だが
「……ほ、本日は、お誕生日おめでとうございますっ!!」

ガタガタガタッ!!

敏広達は一斉にズッコケた。麻理子も目が点になる。

「あぁ……はい……ありがとうございます……」

「そ、その……本日はお日柄もよく……」

そのまま訳の判らぬ事を喋り続ける裕司。麻理子の表情も困惑しているのがよく判る。

「あいつは何を言ってるんだ？」

仕掛け人達は皆、苛立ちを覚え、敏広と賢治は裕司をブン殴ってやりたい衝動に駆られた。いつまで、この裕司の愚にも付かない話が続くのかと誰もが思った。だが言う言葉が無くなったのか唐突に口を噤む裕司。

水を打った様な静けさがフロアを包む。

「……ふう〜……」

下を向いたまま深呼吸をする裕司。すると、
ガコッ!!

突然、裕司は右の頬を自らの拳で力任せに殴りつけた。鈍い音がフロアに響き麻理子は絶句して両手で口を押さえる。

「……痛ぅ〜〜〜」

相当効いている筈である。だがその痛みで落ち着く事が出来たのか、裕司はこの時やっと麻理子の顔を直視する事が出来た。

その真っ直ぐな瞳にドキッとする麻理子。

「……麻理子さん！」

「は、はい！」

「……好きです！……初めて武道館で逢って一目惚れでした！　あの日以来ずっと麻理子さんの事を想ってました！」

さっきとは打って変わって思いの丈を口にする事が出来る。

「何度も逢って貰ってる間にも想いは益々募っていきました！　俺には貴女しかいません！……俺は……俺は貴女の為なら自分の人生の全てを捧げる事が出来ます!!」

オォーッと、どよめく周囲。麻理子の頬も、ほんのり赤く染まる。

「何の取柄も無い俺ですが……それでも良かったら……俺と付き合って下さい!!」

絞り出す様に訴え身体を深く折り曲げる裕司。生涯初めての告白である。

再び静寂に包まれるフロア。

アンプから微かに聞こえるハムノイズが、より静けさを際立たせる。

固唾を呑《の》んで先行きを見守る仕掛け人達。

裕司はやるべき事は全てやった。だが麻理子がその気持ちに応えなければならない義務は無い。

すると麻理子が姿勢を正した。

「……私で良かったらヨロシクお願いします」

それを聴いて裕司の身体が弾かれる様に起き上がる。

「イエ――――イッ!!」

ステージでは敏広がマイクに向かって大声でシャウトしだした。

クラッカーの破裂音と共に急に明るくなるフロア。

ビックリして周囲を見回す麻理子。

いつもの仲間達が拍手を贈っていた。

「ワン、トゥー、スリー、フォーッ!」

突然バンドがアップテンポで演奏し始める。

仲間達は麻理子と裕司を囲んで一斉に♪恋の列車はリバプール発の大合唱を始めた。

「切符はいらない〜不思議な列車で〜♪」

お祭り騒ぎの仲間達。

ワンコーラス歌ったところで曲はエンディングを迎え、一斉に拍手と万歳三唱が行われる。遥子、眞由美、拳斗、愛美、奈穂子、そして雄一郎が二人を祝福する。麻理子は急に恥ずかしくなったのか真っ赤になって下を向いてしまった。

「やったね麻理子!」

「良かったねぇ〜裕司君!」

「一時はどうなる事かと思ったぞ!!」

「私も!」

仮面を外し眼鏡をかける愛美。

「まぁ結果オーライじゃない」

ここで奈穂子は眼鏡とチョビ髭を外した。

「麻理子ちゃん、ありがとう！」

雄一郎はちょっと涙ぐんでいた。

ここでドラムを叩いていた柏田哲也が改めて麻理子に紹介される。哲也は敏広と賢治の大学での2年先輩で矢沢ファンでは無いが当時、自分のバンドと並行してＹＡＳＨＩＭＡの助っ人を、やってくれていた。

「さて第一部は無事完了！　本番はこれからよ‼」

それから麻理子のバースデー・パーティーは酒と歌で大いに盛り上がった。

ＹＡＳＨＩＭＡの生バンドによるカラオケ大会や、敏広がヴォーカルをとる大学時代のＹＡＳＨＩＭＡのライヴの再現。ここではポリスの♪見つめていたい、イーグルスの♪ホテル・カリフォルニア、ラッシュの♪ＹＹＺ等、ＹＡＺＡＷＡ以外の曲が演奏されたりと盛り沢山の宴となった。

そして最後は再び裕司がリード・ヴォーカルでのライヴが披露され、♪鎖を引きちぎれ、♪ＲＵＮ&ＲＵＮ、また本日主役の麻理子からビリー・ジョエルの♪ピアノマンもリクエストされ、ここでは裕司と麻理子は完全に二人の世界に浸ってしまい周囲に思い切り冷やかされたりもした。

やがて時計が11時を指し４時間にも及ぶパーティーは終了。

仲間達のお陰で、この日は麻理子にとって忘れられない大切な思い出の日となった。

麻理子に贈られたバースデープレゼントや花束が溢れんばかりに入ったダンボール箱を裕司が抱え、その左腕に麻理子が腕を絡める。

「それじゃ気をつけて帰ってね！」

「裕司君、ちゃんと麻理子ちゃんを責任持って送りなさいよ！」

二人を見送る仲間達。皆、親指を立ててニカッと笑っている。

その時、敏広がドサクサに紛れて人差し指と中指の間に親指を挟んでいるのに気付いた賢治が、敏広の頭をボカッと叩く。

照れ臭そうな笑みを浮かべながら、二人はエレベーターに乗り込む。

「あ、それじゃお先に失礼します」

「おやすみーっ！」

手を振る仲間達。

ドアが閉まる。

「全く世話の焼けるカップルだこと」

「告白でこれだけ手間が掛かるんだからねぇ」

ボヤきながらも楽しそうな奈穂子と眞由美。

「こりゃプロポーズの時は武道館クラスの会場が必要かもな」

「今のうちに押さえておこうかしら」

拳斗と奈穂子の冗談に笑いが起こる。

「しかしバンドもそうだが本当に歌、上手いんだな！」

「でしょ？」

「私も聴くまで、信じられなかったわ！」


一方、会場すぐ近くのコイン・パーキングに着いた裕司と麻理子。

「ねぇ、ほっぺ大丈夫？」

「あぁ、うん。大丈夫」

本当はまだ痛むのだが愛美が持ってきてくれた氷入りのオシボリで冷やしていたお陰で、大分痛みも和らいでいた。

「麻理子ちゃんこそ気分はどう？　結構、飲んでたみたいだったけど」

「うん。何だかいい気持ち」

裕司は麻理子の送迎の役目があるので飲酒はしていないが、麻理子は愛美の作ってくれるカクテルが美味しいので何杯も御替わりをしていた。だが顔色がほんのり赤いだけで普段と変わらない様に見える。

麻理子を助手席に乗せシルビアのハッチを開けダンボールをそっと置く。料金を払い運転席に廻り込む。

「こんな時間だから今日は家まで送るよ」

いつものドライブ・デートの時は調布駅のロータリーで待ち合わせて帰りもそこまでであった。

キーを廻しエンジンを掛ける。

「麻理子ちゃんのお家って調布の……！」

その時、麻理子の手がシフトノブに伸ばした裕司の左手の上にそっと重なった。

「帰りたくない」

「えっ⁉」

麻理子はそのまま裕司の腕に抱きつく。

「……そ……それって……」

狼狽える裕司。切なそうな表情のまま俯いて、何も言わない麻理子。

流石に裕司でも麻理子が何を訴えているのか、何を望んでいるのか理解出来た。麻理子の柔らかい胸の感触が腕に伝わり自然と下腹が熱くなってしまう。

裕司は高鳴る鼓動と膨らむ股間を抑えようとYAZAWAの唄をランダムに口ずさみながら、調布方面とは違う中央高速近辺のラブホエリアへと車を走らせた。

注：子供は読んじゃ駄目っ!!

されるがままであった。

気が付けば、ベッドに押し倒されているのは裕司の方だった。

アルコールのせいなのか、それともこれが本性なのか。

ただ一つ、はっきりしているのは今の時点で裕司は仰向けのまま一方的に麻理子に愛されているという事だ。

上半身の衣服はそのままにボトムとトランクスを同時に下ろされ剥き出しになった、平均よりも大きめな裕司のイチモツを美味しそうにしゃぶる麻理子。シャワーも浴びていない今日一日の汗にまみれている事など、まるで気にしていない、むしろ、それさえも楽しんでいるかの様に裕司のそそり立つ分身の隅から隅までを味わっている。

「あぁ……麻理子ちゃん……」

男のくせに情けない声を漏らす。

毎晩、思い描いていたシチュエーションと微妙に違うが、もはやそんな事はどうでもよくなっていた。股間に伝わる麻理子のお口の温もりと舌の感触に蕩けそうになる。

何より麻理子の愛撫は本当に愛を感じさせる物であり、それがより一層、裕司の性的興奮を沸き上がらせるのだった。

敏感な亀頭に絡み付く麻理子の舌。やがて裏筋をなぞる様に舌を這わせ再び上ると一気に咥え込む。そして右手で根元を握り、ゆっくりと上下に顔を動かす。

裕司は、次第に尿意の様な違和感を感じ始めた。

「あっ、だ……駄目だ麻理子ちゃん出ちゃうよっ！」

限界を訴える裕司。だが麻理子は行為を止めようとはしない。反対に口をつぼめ更に強い刺激を与えようと右手でしごきながら激しくフェラチオを続ける。

尿道がジワリと熱くなり会陰（いわゆる蟻の門渡り）が締め付けられる様な感じを覚える。

「あぁっ！　駄目だ！……イクッ！……でっ、出るぅ!!」

「んっ♥」

シーツを思い切り鷲掴み苦痛を伴う快感に身を震わせ裕司は麻理子のお口の中に淫らな欲液を勢い良く吐き出した。麻理子の口いっぱいに広がる男の薫り。昨夜も自分で処理をしたというのに無遠慮な程に量が多い。

そして麻理子は脈打ちながら徐々に萎んでいく裕司のペニスを口に含んだまま喉にへばり付こうとする、もはや塊に近いそのドロリとした欲液を、時折むせながらもゆっくりと飲み干した。

これで攻守交替と思いきや麻理子はまだ攻撃の手を緩めようとはしなかった。

射精後のペニスは敏感になっているので優しい愛撫でも苦痛に感じる男が多いのを知っているのか、麻理子は陰茎を避け根元の周囲から足の付け根辺りにキスの雨を降らし続ける。徐々に頭を下降させる麻理子。やがてその舌は裕司の睾丸を丹念に舐め始めた。

「あぁ！　麻理子ちゃんそんな……」

ペニスとは違うソフトな快感が裕司を包む。どうやら麻理子はベッドでのイニシアチブを裕司に渡す気は無い様だ。

やがて裕司のイチモツが再びムクムクと頭を擡げ始めた。呆れる位に回復力が早い。

麻理子は裕司の先端から微かに溢れているお汁を舌先でチロチロと舐め回し、亀頭に音が響く位に強くキスをした。そして1度、ベッドから離れ立ち上がる。

いつの間にかドレスを脱ぎ捨てていた麻理子。ドレスと同じ色をしたTバックのショーツを下ろすと裕司の上に跨る。ガーターベルトと黒いストッキング、そして淡い茂みが悩ましい。

完全回復した裕司のペニスを握ると麻理子は既に充分に熟れた自身の果実に静かに押し当てる。

「んっ……」

先端の感触を味わうかの様に、小さくゆっくり円を描く麻理子。溢れ出る蜜が裕司の亀頭に絡み付く。

「あぁっ！」

淫靡な吐息が漏れる。

自然とカリ首までが麻理子の中に飲み込まれていく。貫かれる様な感触に身震いしながら麻理子はゆっくりと腰を沈めた。

根元まで咥え込むと同時に歓喜の声を漏らす麻理子。

裕司に跨った体勢のまま腰を前後にゆっくりと動かし始め両手でヌーブラを剥がすと、Dカップの形の良いバストがぷるんっと弾ける。裕司は下から反射的にその胸に手を伸ばした。手の平に触れた乳首がコリコリに硬くなっているのが判る。すると麻理子は裕司の両手を掴んで、もっと強く揉んでと言わんばかりに、揺れる乳房を激しく揉みしだき始めた。

「あぁっ！……気持ちいいっ！」

《な、何てエッチなんだ麻理子ちゃん!!》

普段の麻理子からは想像も出来ない、欲望の赴くまま大胆に悶えるその姿に裕司は更に興奮した。

次第に麻理子の腰の動きがリズミカルになり、それに合わせて裕司が下から突き上げる。

「はぁっ、あっ、あっ、あっ、あぁ、んっ、いぃっ、いやっ、あっ、んっ♥」

更に膨張した裕司のペニスで突かれる度に澄んだソプラノで淫らな旋律を奏でる麻理子。

そして麻理子は覆いかぶさっては裕司の頭を抱え込み愛撫をせがむ様に乳房を顔に押し当てた。

たまらず、乳飲み子の様に乳首に吸い付く裕司。

「あぁっ！　ダメッ！……声が出ちゃうっ!!」

麻理子のソプラノがソプラニーノにまでピッチが上がり、オペラの様な激しさで歌い喘ぐ。

更に麻理子の腰の動きが速く激しくなりついていけなくなった裕司は、下から突き上げるのを止め口を離し麻理子に身を任せた。

再び騎乗位の体勢になり激しくロデオする麻理子。

やがてその澄んだ歌声が徐々に濁ってくると麻理子の蜜壺に変化が訪れた。ゆっくりと風船が膨らんでいくかの様に広がっていく麻理子のヴァギナ。

「あっ！　いや……あぁっ……あん……ん……んぁっ……あぁ……いっ……イッちゃう………いいっ…いっ…イクーゥッ!!」

そして次の瞬間、破裂した風船の様にヴァギナが収縮すると同時に、麻理子の身体が仰け反り落雷を浴びたかの様に激しく痙攣を起こした。オーガズムの波に飲まれ、そのまま裕司の上に力尽きた様に崩れ落ちる。

「はぁ、はぁ、はぁ、あっ、いっ、いやっ、あぁん、あぁ、ん、はぁ、はぁ……♥」

激しく息切れする麻理子。その間にも微弱な痙攣が何度も訪れる。

一方、裕司のペニスは麻理子の中でまだ硬いままであった。最初の麻理子によるブロウジョブが無ければ、さっきの締め付けで果てていただろう。

裕司は、しっとりと汗ばんだ麻理子の肌を下から優しく抱きしめた。

―これより先、子供解禁―


麻理子と裕司がくっついてから2週間後、遥子は京王百貨店内のアフタヌーン・ティーで麻理子のお惚気話に延々と付き合わされていた。

次から次へとエンドレスで続く話に、よく話題が尽きないものだと感心しつつ、逆上せ上がってまたフラれなきゃいいけどねぇとちょっと心配になりながらも笑顔で聞いてあげている遥子。

「それでね！　それで裕クンったら！」


「裕ク～ン!?」

溝の口のいつもの居酒屋で素っ頓狂な声を上げる敏広達。

「お、俺、何か可笑しな事、言った？」

何か奇妙な物でも見る様な視線を送られ、戸惑う裕司。

「それじゃ、お前は、まさか麻理タンとか呼んでるんじゃないだろうな？」

「或いはマリリンとか？」

「マリアだったりして」

「えっ？　いや、麻理ちゃんって呼んでるけど……」

「何だつまんねぇ」

「普通ね」

「もう少し面白い答え用意しとけよ」

敏広、加奈子、賢治の３人から冷めたリアクションをされる。

「お、面白い答えって……」

「それで？　その後はどうなんだよ？」

「えっ？　あ、いや、お陰様で……」と照れる裕司。

「あ～アホクサッ！」

「聞いてらんないわね」

「勝手にやってろよ」

自分達で聞いておきながら冷たい態度を取る敏広達。あの日あの時、共に協力してくれた仲間とは思えない。


「参りますよホントに。裕クン裕クンって！」

更に１週間後、川崎ＯＹＨのカウンターにて遥子は眞由美相手に笑顔で愚痴を漏らしていた。

「でも、その割には何だか楽しそうじゃない？」

「それは、やっぱり麻理子の幸せそうな顔を見るのは嫌じゃありませんから」

「ホント麻理子ちゃん想いなのね」

「親友ですから」

と、更に屈託の無い笑顔を見せる。

「こんばんは〜」

その親友、麻理子が来店した。

「いらっしゃい！」

遥子の隣にちょこんと座る麻理子。

「ねぇねぇ、何、話してたの？」

「麻理子の悪口で盛り上がってたところよ」

「えぇ〜っ⁉」

と、本気で膨れる。

「嘘に決まってるでしょ」

と、遥子が膨れた麻理子の頬を片手でプシュッと潰す。

「麻理子ちゃんが幸せそうで良かったって、二人で言ってたのよ」

「えぇ〜っ⁉」

今度は赤くなってモジモジしてしまう。

そこにまた別の女性が訪れた。

「こんばんは〜」

「いらっしゃい」

「里香さん、こんばんは！」

「あーっ！　遥子ちゃん、麻理子ちゃん！」

彼女の名は神園里香。眞由美とは〝矢沢〟を介した古い知り合いで、今から1年程前にOpen Your Heartに来店し、そのまま仲間に加わった。

この日は眞由美の店で不定期に催されるYAZAWAな女子会。

「あれ？　愛美さんは、まだ来てないんですか？」と里香。

「何かスペシャル・ゲスト連れてくるから遅れるって」

「スペシャル・ゲスト？」

「誰なんですか？」

「さあ〜っ？」

両手を広げて首を左右に振る眞由美。

「聞いても教えないのよアイツ」

「情事さんも遅いですね」

「あぁ、アイツは今日、旦那の仕事関係の付き添いで欠席」

「旦那様、商社マンでしたっけ？」

「そう」

言いながら眞由美は3人分のコースターをカウンターに並べる。

「さて、ビールの人は？」

「は〜い！」

遥子、麻理子、里香の3人が揃って手を上げる。

サーバーからピルスナーグラスに琥珀色の液体が注がれ、木目細かいクリーミーな泡が上から包み込む。

「しっかし毎度、女子会は出席率悪いわねぇ！」

ボヤきながらグラスを各コースターの上に置く。

一応、各方面にも声は掛けているのだが、いつも集まるのは決まった顔触ればかり。因みに加奈子は本日、旦那の賢治と1泊2日の温泉旅行中。

「愛美を待っててもしょうがないから、先に始めましょう」

眞由美がグラスを持ち上げた。3人もグラスを手に取る。

「さて、今日は何に乾杯しましょうか？　先ずは永ちゃんの益々の活躍と」

これは眞由美による毎回の決まり文句である。

「そして私達の友情に」と里香。

「いいわね」

眞由美が笑う。

「それから麻理子と里香さんの幸せを願って」

遥子の言葉に照れ笑いを浮かべる二人。眞由美が優しく微笑む。

「乾杯!!」

麻理子がYAZAWAの唄、YAZAWAな仲間達と出逢って約1年半。初めは覗いてみる事さえ躊躇した、この世界。

だが親友の遥子と、その仲間達に導かれる様に乗り込んだトラベリン・バスは、沢山の、これまでの人生では観る事の出来なかった景色を観させてくれ、その数だけ様々な経験と、仲間達と共有出来る素晴らしい思い出を作る機会を与えてくれ、そして自分自身で扉を開ける大切さを教えてくれた。

この旅路の行く先々に、どんな未来《あした》が待っているのか。

麻理子を乗せたトラベリン・バスは、まだ走りだしたばかりである。

to be continued

後書きにかえて

「女性のＹＡＺＡＷＡファンに焦点を当てたら面白い話が作れるんじゃないか？」

女達のトラベリン・バスは、そんな単なる思い付きから生まれた物語でした。

ただ、ゴリゴリのＹＡＺＡＷＡファンからの視点では表現出来る事が限られてしまうと思い、山本麻理子という、およそ矢沢永吉とは縁が無さそうな極《ごく》普通の女の子の目から見たＹＡＺＡＷＡ像と、そのファンを表現する事で、双方の魅力を一つの物語に出来るのではないかと思いブログにて連載を始めました。すると想像以上に多くの方から御好評を頂き、この度、文芸社より書籍化、出版をする運びと相成りました。

書籍化に当たり、当然発生するのがパブリシティ権という問題です。【矢沢永吉】の名前を作品中に使用可能か否かが一番のネックとなり、「【架空の人物】に名を代えてはどうか」というアドバイスも出版社からあったのですが「それでは、この物語の意味が全く無くなってしまう」という自身の強い思いで、無理を承知でアーティスト・サイドと交渉しました。そうしたところ、**「公認、宣伝等に名前を使用せず、本文に留まるのであれば常識の範囲内で結構」**という有難いお返事を頂くことができ、また、「トラベリン・バス」という言葉をタイトルに使用するご許可もいただき、晴れて出版が可能となったしだいです。

こちらの希望に快くお応え下さったYAZAWAサイドのスタッフ様、並びに、実際の交渉に当たってくださった文芸社編集部に、この場を借りて厚く御礼申し上げたく思います。

尚、本作品は私、新堂日章の個人ブログに掲載したネット小説の一部分で、本来ならば全話、書籍化したい所なのですが現実的な問題で第壱章と第参章の途中までを抜粋、一部編集、一纏めに仕上げた物に成っております（何でも全話を書籍化したら辞典程の厚さになってしまうとの事……）。

書籍化出来なかった他のストーリーに、ご興味をお持ち頂けましたら現在でも我がブログにて掲載中ですので、そちらにも目を通して頂けると嬉しいです。

【～bourbon rain に酔いしれて…♪～　http://34619546.at.webry.info/　或いは『女トラ』で検索】

また、ご要望が有れば続編等の書籍化も望む所ではありますが、先ずは本書をより多くの方々に御手を取って頂き、尚且つ楽しんで頂けたら幸いです。

ベテランYAZAWAファンの方であれば、きっと劇中当時を思い出しつつ永ちゃんの魅力を再確認して頂けると思いますし、ファンで無い方であればE・YAZAWAという稀代のロック・アーティストと永ちゃんに魅了された個性的なファンの魅力を少しでもお伝えする事が出来たなら作者として、一ファンとして、これ以上の喜びは御座いません。

それから書籍化に当たり、私のYAZAWA仲間達からも御支援、御協力を頂きまして、彼等の応援無くしては本書を世に送り出す事は出来ませんでした。

私の愛するYAZAWA仲間達にも心から感謝致します。

この作品を本編、冒頭に書いた通り、矢沢永吉の唄を愛した皆様に捧げます。

Thank You Rock'n Roll!!

新堂日章／Akira Shindo

著者プロフィール

新堂 日章（しんどう あきら）

1970年生まれ。
武蔵野音楽学院卒業。
知る人ぞ知るYAZAWAブロガー。
http://34619546.at.webry.info/

フェイスブック
https://www.facebook.com/akira830shindo

女達のトラベリン・バス Anecdote of MARIKO ♥愛の唄

2015年 8 月30日　初版第 1 刷発行

著　者　新堂 日章
発行者　瓜谷 綱延
発行所　株式会社文芸社
〒160-0022 東京都新宿区新宿1－10－1
電話 03-5369-3060（編集）
03-5369-2299（販売）

印刷所　株式会社フクイン

ISBN978-4-286-16100-6